Dominazione erotica e sottomissione
Vol. 4

Erika Sanders
Serie
Collezione di dominazione erotica

Immagine di copertina: © krivitskiy- Pixabay, 2025

Prima edizione: 2025

Sinossi

Questo volume contiene quattro titoli BDSM romantici ed erotici ad alto contenuto.

- Meglio un trio 2:

Un collega del lavoro di Samy flirta con lei e vengono fuori i gusti sessuali di ciascuno.

Samy gli confessa che una volta ha fatto una cosa a tre con il marito, poi il fidanzato e il suo migliore amico.

Le confessa che gli piace l'anale.

Ma i due si dicono che essere colleghi è un peccato, ma tra loro non può succedere niente.

O se?

- Il desiderio di Sandy:

Sandy è una moglie con figli insoddisfatta del piacere che suo marito le dà a letto.

Ecco perché ha un amante che le dà ciò di cui ha bisogno, ma questa volta il suo desiderio sarà diverso ...

- Moglie dominante:

In un matrimonio normale e noioso, il marito ha una fantasia su come sarebbe se sua moglie fosse dominante a letto.

Un giorno approfitta di una sua domanda per provare a realizzare la sua fantasia e convincere sua moglie a prendere il controllo del sesso.

O è stato un errore con conseguenze che non potevi prevedere ...?

O è stata una buona decisione ...?

- Requisiti per essere una buona segretaria (interrazziale):

Gloria è una giovane mora che cerca urgentemente un lavoro per poter lasciare la casa dei suoi genitori e pagare ciò di cui ha bisogno.

Mr. Anderson sta cercando una segretaria che soddisfi i suoi requisiti unici ed esigenti.

Può Gloria accettare le richieste del signor Anderson ed essere una brava segretaria ...?

Meglio un trio 2, Il desiderio di Sandy, Moglie dominante e **Requisiti per essere una buona segretaria (interrazziale)** sono storie con un forte contenuto BDSM erotico e, a loro volta, appartengono anche alla raccolta Erotic Domination, una serie di romanzi ad alto contenuto BDSM.

(Tutti i personaggi hanno 18 anni o più)

Nota dell'autrice:

Erika Sanders è una scrittrice di fama internazionale, tradotta in più di venti lingue, che firma i suoi scritti più erotici, lontani dalla sua solita prosa, con il suo cognome da nubile.

Indice:

DOMINAZIONE EROTICA E SOTTOMISSIONE VOL. 4
ERIKA SANDERS

MEGLIO UN TRIO 2

CAPITOLO 1

Stava flirtando con Samy da un po 'di lavoro.

Ho sempre pensato di poter essere una delle ragazze che giocavano al lavoro, ma non sarebbe mai successo niente.

È stata una giornata noiosa al lavoro e, come al solito, l'argomento della conversazione si è concluso con il sesso.

Stavamo discutendo sfacciatamente di feticci e mi stava raccontando come aveva avuto un rapporto a tre con suo marito Peter e un altro ragazzo, un amico di suo marito, quando ancora stavano uscendo insieme.

Ha fatto diverse smorfie sessuali mentre diceva che amava essere spinta attraverso entrambi i buchi allo stesso tempo.

Non era sicuro se stesse mentendo o fosse semplicemente sfacciata.

Ho scherzato sul fatto che non avremmo lavorato insieme perché forse avremmo potuto fare una specie di azione.

Lei accettò e disse di sì, era un peccato.

Due settimane dopo, quando finimmo di lavorare, andammo tutti a bere qualcosa in un pub.

Dopo il quarto drink, la gente ha iniziato a mostrare i segni di una brutta sbornia.

All'improvviso due ragazze hanno iniziato a combattere.

Tutto finì molto rapidamente, ma aveva distrutto l'atmosfera del gruppo e la maggior parte della gente voleva già andare per la propria strada o tornare a casa.

Samy si rivolse a me e disse:

"Non te ne andrai, vero?"

Da parte mia, mi stavo divertendo e volevo qualche altro drink, quindi ho detto:

"Non ti libererai di me così facilmente!"

Sono andato al bar e ho ordinato un altro paio di bevande al rum con tequila.

Quando sono tornato con le bevande, Samy ha iniziato a parlare del costo astronomico delle bevande.

Era costoso, ma niente di insolito in posti come quello.

Così gli ho detto e gli ho fatto notare che stava facendo storie per nulla.

Mi ha colpito sul petto dicendo che:

"Andiamo avanti e andiamo a casa. Ho un frigorifero pieno di cose da bere e sono già state pagate."

Ho visto che aveva un'espressione birichina sul viso, ma non sapeva dove stesse andando.

Sono andato direttamente e ho chiesto:

"Perché? Se stai pensando a quello che penso tu stia pensando, probabilmente non è una buona idea."

Si sentì disprezzata e mi guardò con un'espressione accigliata:

"Ragazzo maturo! Ti sto offrendo da bere, idiota!"

Mi sentivo un idiota completo.

Mi sono scusato con lei e il suo viso si è illuminato all'istante.

Ha detto che non importava, ma che la bevanda era ancora in vendita.

Non avevo davvero scelta.

Mi sono sentito molto in colpa.

Abbiamo finito i nostri drink e siamo andati a cercare un taxi.

Sul retro della cabina, mi aspettavo quasi che cedesse un po 'al mio flirt ubriaco, ma lei rimase al suo fianco della cabina e sembrava che avessi davvero un'idea sbagliata di ciò che sarebbe successo.

CAPITOLO 2

Arrivammo a casa sua e Peter aprì la porta prima che potessimo aprirla.

Dalle sue parole sembra che l'avesse vista così poche volte prima.

"Sei tornata presto", le disse, "si è ubriacata e hai bisogno che tu la accompagni fino alla porta di casa sua?" Lui mi disse.

Samy lo prese scherzosamente:

"No! Non questa volta, ah ah ah!"

Gli abbiamo detto che cosa è successo e ha preso tre birre dal frigo.

Samy ha detto che si sarebbe tolta le scarpe e avrebbe cambiato i jeans che erano troppo stretti per sedersi.

E io e Peter abbiamo iniziato a parlare di calcio.

Due minuti dopo, Samy tornò nella stanza con un paio di stivali di pelle alti e un sorriso.

Ho guardato Peter e lui ha riso e ha detto:

"Beh, non me l'aspettavo!"

Non riuscivo davvero a capire la sua reazione.

Avrei dovuto essere arrabbiato o imbarazzato o altro.

Sembrava che la situazione fosse appena cambiata e che ci sarebbe stata una scena di sesso.

Alla fine Samy era spudorato.

OH MIO DIO!

Ho guardato Samy e ho detto:

"Cosa stai facendo?"

Mi sorrise e si inginocchiò di fronte a Peter, aprendo la cerniera dei pantaloni come se non fossi nemmeno lì.

Tirò fuori il suo cazzo, che era già sorprendentemente grande e duro come la pietra.

Si voltò a guardarmi con il suo cazzo in mano e disse:

"Ricordi di averti detto che ho fatto quel trio? Bene, ora hai la possibilità di unirti, se vuoi. Ti piace l'anale, vero?"

Quindi si voltò e prese tutta la lunghezza dell'enorme cazzo di Peter in bocca.

Lei non si è fermata.

Non era nauseata.

L'ha ingoiato nel profondo davanti a me.

Il suo culo sembrava fantastico mentre faceva scivolare la testa su e giù per il grasso cazzo di suo marito.

Ho deciso in quel momento.

Mi alzai per sbottonarmi i jeans quando si fermò e mi guardò con un sorriso malizioso:

"Oh, ora sembra una buona idea, vero?"

Gli diedi un ampio sorriso nervoso e scrollai le spalle:

"Beh, dato che sono qui ..."

Si alzò e guardò Peter prima di annunciare:

"È meglio che saliamo le scale" e lasciò la stanza e salì le scale.

Ho guardato Peter per assicurarmi che fosse d'accordo con tutto questo.

Poteva vedere la preoccupazione sul mio viso e sorrideva:

"È bello quando è così. È la cagna più sporca che vuoi che sia tua moglie. Dai."

E con ciò annuì perché io lo seguissi e anche io andai con lui.

CAPITOLO 3

Quando arrivammo lassù, Samy era già distesa sul letto sulla schiena, le gambe spalancate e i talloni sul letto.

Usando il dito indice per chiamarmi, disse piano:

"Vieni a vedere quanto sono bagnato."

Ancora una volta, ho guardato Peter per confermarlo e ha riso mentre si sbottonava la camicia:

"Anche io che deciderai in fretta. Stasera non li vedrai più così."

Devo essere sembrato incredulo da quando ha aggiunto:

"Lei ti sta aspettando!"

Devo essere sembrato pazzo a causa di quanto velocemente mi sono tolto i vestiti.

Gettai tutto sul pavimento e strisciai fino alla bellissima figa che era in vista e mi aspettava.

Dopo diversi baci, alzai lo sguardo per vedere se Samy si stava godendo l'entusiasta attenzione che stava ponendo sulla sua figa, ma Peter aveva le palle in gola.

Ho deciso di togliere un morso dalle sue succose labbra.

Vidi la sua faccia contorcersi per la sorpresa e lei emise un piccolo gemito.

Almeno sapeva che era lì.

Peter estrasse il suo grosso cazzo dalla bocca e Samy trattenne il respiro prima di afferrare i lati della mia testa per avvicinare la mia bocca alla sua.

Poi mi ha dato un grande bacio bagnato.

Aveva la bocca piena di saliva per aver succhiato l'enorme membro di Peter.

Si allontanò dalla mia faccia e mi guardò:

"Vuoi provare qualcosa di un po 'più estremo?"

"Ho avuto l'impressione che fosse un po 'strano!" Ho risposto.

Samy rise e mi voltò le spalle.

Allungò una mano dietro di me e tirò un pezzo di corda che era legato in un arco e me lo mise sul polso.

La guardai per metà curioso, per metà sorridente quando raggiunse l'altro lato e fece lo stesso con l'altra mia bambola.

Si sporse in avanti per baciarmi di nuovo e non mi accorsi che le sue mani cercavano qualcosa sotto il cuscino e tiravano un pezzo di corda che mi portava le braccia agli angoli superiori del letto.

Poi si è spostata in avanti per spingere la sua figa sul mio viso.

Ho ricevuto immediatamente il messaggio e ho iniziato a leccarle le labbra bagnate e bagnate.

Mi ha afferrato la nuca e ha iniziato a strofinarmi la figa sul viso.

Ho sentito il mio cazzo allungarsi dietro di lei e iniziare a scuoterla.

La sua mano era bagnata dalla sua figa o dalla sua bocca.

Scorre abilmente su e giù per il mio cazzo, avvolgendolo intorno.

Ho guardato la faccia di Samy e stava sorridendo come una gatta del Cheshire.

Ma potevo vedere entrambe le sue mani infilarle la testa nella sua figa, eppure potevo sentire la sensazione calda e eccitata sul mio cazzo.

Ho subito capito che Peter era responsabile della mia eccitazione sul suo cazzo.

Ho iniziato a combattere, ma mi sono reso conto che Samy mi stava intenzionalmente imbavigliando con la sua figa bagnata.

Avrei potuto giurare che la sua figa fosse stata inumidita ancora di più dalla mia lotta.

Ha parlato ad alta voce a Peter:

"Penso che gli piaccia, tesoro."

Lei mi ha guardato:

"Ti piacciono i pompini, vero?" poi rise quasi maniacalmente.

Potevo sentire l'aspirazione sempre più veloce, e nonostante la mia lotta per lasciarsi andare, il mio cazzo non era a conoscenza delle mie preoccupazioni ed era molto duro.

Peter è uscito dal mio cazzo e lo sentivo mettere qualcosa intorno alle mie caviglie.

Allo stesso tempo, Samy si allontanò dalla mia faccia e disse:

"Non era giusto, vero? Non sapevi che l'avrei fatto. Lascia che ti succhi adesso" e con ciò si voltò per accovacciarmi sulla faccia e su di me.

Aveva la bocca calda e bagnata.

Ho iniziato a rilassarmi un po 'quando si è riposizionata.

Ha manovrato il suo corpo in modo che il suo culo fosse davanti a me e mi succhiasse il cazzo.

La sua faccia oscillò su e giù sul mio cazzo.

Peter si spostò ai piedi del letto e Samy sollevò il sedere per incontrare il suo enorme cazzo.

La afferrò per i fianchi e si seppellì profondamente dentro di lei.

La sua bocca corse fino in fondo al mio cazzo e quando le palle di Peter iniziarono a emettere uno schiaffo contro la sua figa, iniziò a mordere la base del mio cazzo.

La sua lingua stava ancora succhiando il membro.

Questo mi ha dato uno strano calore, ma mi è piaciuta la sensazione dei suoi denti, quasi comportandomi come un anello di gallo, costringendo il mio cazzo a irrigidirsi.

Ho guardato Peter e ho capito che non si era assimilato che mi stesse succhiando il cazzo.

Non era il momento.

Le cose erano tornate a una situazione più accettabile in quel momento.

A bassa voce gli disse: "Più forte!" e la sua spinta divenne più frenetica.

Si sporse in avanti e tenne la testa di Samy sul mio cazzo mentre iniziava a colpirla.

Potevo vedere i suoi lamenti e la nausea e lei aumentò la forza mentre afferrava la base del mio cazzo con i denti.

All'improvviso Peter si ritirò e Samy alzò la testa, ansimando e soffocando con la propria saliva.

Si avvicinò a me e mi baciò con la sua bocca umida e umida.

La sentivo far scivolare la sua figa bagnata su e giù per il mio membro prima che lui afferrasse il mio cazzo per farlo scivolare dentro di lei.

La sua figa sembrava che qualcosa fosse in fiamme.

Si appoggiò allo schienale e iniziò a cavalcare il mio cazzo.

Mi sorrise e chiese:

"Ti è piaciuto il sapore della mia figa?"

Annuii e ricambiò il sorriso.

Con la coda dell'occhio, vidi Peter venire da un lato, arrampicarsi sul letto e cavalcare il mio petto.

Ho iniziato a protestare, ma ero troppo legato.

"Smettila, non è una cosa che farei. Non sono un ragazzo gay!"

Peter rise e avvicinò il suo cazzo alla mia faccia.

Ho provato a girare la testa, ma non ho avuto abbastanza forza.

Peter stava spingendo il suo cazzo duro nella mia bocca.

Poteva assaggiare il succo della figa di Samy ovunque.

Ho provato a tirarlo fuori con la lingua, ma Peter aveva iniziato a mettere il suo peso dietro il suo cazzo per scoparmi la faccia.

Peter mi stava mettendo sempre più il cazzo in bocca e lo sentivo dire:

"Questo non ti rende gay. Significa solo che stai partecipando. Non lo diremo a nessuno, vero, tesoro?"

Samy rimase a bocca aperta, cavalcando sempre più forte il mio cazzo:

"No, non lo dirò a nessuno in ufficio!"

Pietro rinforzato:

"Siamo solo noi. E prima ho succhiato il tuo cazzo."

Qualcosa in me ha ceduto.

Le mie inibizioni sono svanite e ho deciso che era inutile combattere e comunque troppo tardi.

Ho iniziato a provare a succhiargli il cazzo.

Reagito istantaneamente:

"Esatto. Oh dannazione, sì, succhialo!"

Anche Samy ha reagito.

È sceso dal mio cazzo e ha detto a Peter:

"Scopami di nuovo. Questa volta in faccia."

Si arrampicò sul mio viso e mise le mani sul muro sul letto.

Quando la sua figa si è avvicinata abbastanza, ho iniziato a muovere la lingua verso il suo clitoride.

Peter si riposizionò dietro di lei, ma invece di mettere il suo cazzo nella sua figa, me lo rimise in bocca.

Non ho aspettato questa volta.

L'ho succhiato il più forte possibile.

Non aspettò molto prima di tirarlo fuori e seppellirlo nel profondo di Samy.

Lei ansimò:

"Voglio che entrambi mi facciano correre!"

Peter rispose con i fianchi colpendo un movimento ritmico.

Le sue palle colpiscono le labbra della sua figa.

Le leccai la figa eccitata e iniziai a sentirle gonfiare.

Sapevo cosa significava.

Ha iniziato a urlare quando il suo orgasmo si stava avvicinando.

"Più forte! Scopami entrambi mentre vengo!"

Peter ha iniziato a schiantarsi contro di lei e Samy ha iniziato a urlare.

Il suo orgasmo la colpì come un treno in corsa.

Mi stava correndo in faccia al momento del martellamento profondo del cazzo di Peter.

Nonostante i suoni di Samy, ho sentito Peter gemere ad alta voce e ho capito che anche lui stava correndo.

La sua resistenza del momento cominciò a diminuire.

Il rumore si attenuò.

Il corpo di Samy iniziò a rilassarsi e Peter estrasse lentamente il suo cazzo gonfio dalla figa di Samy.

Nel farlo, Samy mi ha implorato:

"Mangia la mia figa, fammi venire di nuovo!"

Quando finalmente il cazzo di Peter lasciò la sua figa e stava per succhiarle di nuovo il clitoride, il potente carico bianco di Peter mi colò sulla bocca e sulla lingua.

Anticipando il mio dispiacere, Samy mi premette il viso e disse:

"Non allontanarti! È la mia parte preferita."

Ho cercato di ignorare il sapore salato del suo sperma e continuare a leccare la figa di Samy quando ho sentito di nuovo la bocca di Peter sul mio cazzo.

Stavo succhiando forte e si è scoperto che improvvisamente la mia bocca stava lavorando più duramente sulla figa succosa e usata di Samy.

Iniziò a macinare e resistere di nuovo.

Il suo orgasmo stava crescendo e anche il mio.

Peter mi avrebbe fatto venire.

Quando quel pensiero mi travolse, sentii l'ondata familiare del mio orgasmo avvicinarsi.

Samy stava iniziando a urlare quando il suo orgasmo la investì.

Questo mi ha incoraggiato a fare lo stesso.

Ho sentito il rilascio del mio sperma in bocca a Peter senza alcun senso di colpa.

Ero sicuro che avesse molto più controllo di questa situazione di me.

Mi ha succhiato avidamente il cazzo fino a quando non ho finito.

Samy stava ansimando pesantemente quando Peter si alzò e la baciò.

Mi sono reso conto che la sua bocca era piena del mio seme che ora correva tra le sue tette e anche la sua pancia.

E ciò che seguì fu inevitabile.

La mia faccia fu presa tra le sue cosce quando il mio sperma mi corse sulle labbra.

Samy si staccò dalla mia faccia e si chinò per baciarmi profondamente.

Il bacio sapeva della sua figa, e anche della sborra di Peter e della mia.

Si sedette e sospirò pesantemente:

"È stato divertente, eh?"

Ridacchiai nervosamente e dissi:

"Beh, non ho mai fatto ... ... niente del genere prima. Puoi slegarmi adesso?"

Un grande sorriso sul mio viso.

Samy rise:

"No. Siamo ancora lontani dal finire con te", disse con un sorriso pieno di anticipazione che mi travolse.

CAPITOLO 4

Peter si girò e le sorrise mentre si chinava e recuperava un bavaglio rosso brillante dal cassetto.

Peter prese il bavaglio con una palla nel mezzo e disse:

"Se ti è piaciuto, aspetta che inizino le cose più estreme ..."

Il mio sguardo deve essere stato in un incrocio tra confuso e disperato quando Samy mi fece una smorfia come quando lo fa a un cucciolo che sente la sua voce la prima volta.

"Oh ... guardalo in faccia. Non ha idea di cosa stia succedendo."

Mi ha parlato con voce dolce:

"Abbiamo un bambino qui. Starai bene. Lascia che i ragazzi grandi giochino e ti insegneremo come giocare mentre andiamo avanti."

Lo disse seguito da una risata quasi maniacale.

Stavo cercando di farlo bene, ma stavo iniziando a farmi prendere dal panico.

Avevano già mostrato un evidente disprezzo per i limiti che potevano avere.

E avevano anche dimostrato di saper usare le corde!

Samy prese il bavaglio dalla mano di Peter e mi mise a cavalcioni.

Mi avvicinò il bavaglio al viso e parlò a bassa voce:

"Non preoccuparti. Ti diremo cosa accadrà prima di fare qualsiasi cosa. È tutto così divertente e rideremo tutti a colazione."

Mi sentii rilassare un po 'e, in risposta al gesto di Samy, aprii la bocca per il bavaglio.

Samy mi guardò di nuovo e mi chiese con lo stesso tono che se chiedi a qualcuno se vuole una tazza di tè:

"Vuoi vedere come riempio il culo con il succo della mia figa?"

Ho fatto un suono gorgogliante mentre annuivo e sono sicuro che potresti vedere un sorriso sul mio viso attorno al bavaglio.

Si voltò e si mise a carponi con la sua figa e il suo culo succosi a pochi centimetri dalla mia faccia.

Allungò una mano sotto la sua figa bagnata e la strofinò finché la sua mano non fu coperta dai suoi spessi succhi.

Quindi si passò una mano sulla parte superiore del culo e spalmò il succo su tutto il culo stretto.

Pochi pugni e stava già iniziando a far scivolare un dito dentro di lui.

Prima il dito medio e poi due.

E andarono più in profondità ad ogni colpo che diede.

Abbassò la bocca sul mio cazzo inerte e se lo ficcò in bocca.

Non ci faceva schifo, ma si prese invece la testa con le labbra in modo da poter raggiungere la figa con la mano libera.

In pochi secondi aveva tre dita nella sua figa e le stesse tre dita dell'altra mano nel culo e gemeva sul mio cazzo che miracolosamente cominciò a rispondere.

Dato che doveva sentirsi di nuovo duro, guardò Peter.

Mi ero quasi dimenticato di essere lì.

L'ho sentita scherzosamente chiedere:

"Ooh tesoro, si sta svegliando di nuovo. E tu?"

"Sai che non posso resistere alla tentazione di vederti quando tocchi quel bel culetto!" ha risposto.

Samy mi guardò:

"Vuoi vederlo scopare il culo con il suo cazzo?"

Ancora una volta, tutto ciò che riuscii a realizzare fu un gemito soffocato e un cenno del capo.

Peter si alzò sul letto e senza che Samy si muovesse affatto, tranne per aver preso le dita dal suo culo ora leggermente aperto, si mise sulla mia testa e seppellì il suo grosso cazzo nel buco in attesa di Samy.

Lei ansimò e gemette allo stesso tempo.

Si ritirò lentamente e iniziò a scoparla ritmicamente.

La sua bocca tornò al mio cazzo, ma questa volta i suoi lamenti erano costanti.

Questo ha reso il mio cazzo duro come se non fossi mai venuto prima.

Non pensavo fosse possibile.

Samy stava cercando di parlarmi tra i suoi forti gemiti:

"Hai detto ... ... che ti piaceva l'anale ... ... vuoi ... ... un po 'del mio culo stretto ... ... sul tuo cazzo ...?"

Questa volta non ho detto nulla, solo uno sguardo di approvazione e un po 'di consenso.

Come in risposta al fatto che il suo "turno" era finito, Peter gli diede un pugno duro e si ritirò.

Il suo sedere rimase a bocca aperta per un attimo prima di chiudersi.

Samy strisciò sul letto e si voltò.

Mi guardava mentre guidava il mio cazzo nel culo.

Speravo fosse meno stretto dopo i pugni che Peter gli aveva dato, ma era come un vizio sul mio cazzo.

Si spinse fino in fondo finché non la riempii fino alla base del mio cazzo.

"Ti fa sentire bene come te?"

Potevo solo annuire mentre si muoveva alla base del mio cazzo.

Samy si chinò e si strofinò il clitoride.

Potevo sentire quanto fosse bagnata.

Mi guardò negli occhi mentre sollevava la mano ormai inzuppata e assaggiava i suoi succhi.

Ha iniziato lentamente a muovere il mio cazzo.

Non su e giù, ma un movimento circolare.

Peter si era alzato dal letto e si era manovrato dietro a Samy.

La afferrò per i capelli e costrinse il suo viso verso il mio.

Non riuscivo a capire cosa stesse succedendo, ma ho notato quando il culo di Samy sembrava diventare incredibilmente stretto e il suo viso mostrava la tensione del cazzo di Peter che si faceva strada con il mio.

Chiese dolcemente: "Stai bene, piccola?" e lei annuì vagamente.

Accarezzò lentamente il suo cazzo dentro e fuori dal suo culo. Potevo sentirlo scivolare anche sul mio membro.

Il movimento ritmico è stato sorprendente.

Samy si appoggiò al mio collo quando il pugno di Peter si fece più duro e mi morse la spalla quando raggiunse un livello palpitante.

Samy si stava massaggiando di nuovo la fica e i suoi lamenti si facevano sempre più forti.

Ha iniziato a resistere e ho potuto sentire il cazzo di Peter uscire quando il corpo di Samy ha perso il controllo sotto l'onda dell'orgasmo.

Ha sollevato il suo corpo dal mio cazzo e poi ha messo tutto il suo peso su di me.

Potevo sentirla sussurrare all'orecchio, "Quindi ti piace l'anale?"

Sollevò la testa per guardarmi e io cercai di sorridere attorno al bavaglio mentre annuiva.

Lei ricambiò il sorriso e si appoggiò allo schienale per continuare a sussurrare:

"Ricordo che hai detto che avevi una ragazza che ti ha infilato un dito nel culo. Ricordo anche di aver detto che non ti importava. Ragazzo cattivo! Vuoi che ti succhi il succo dal cazzo mentre ti tocco il culo?"

Non riuscivo a credere a quello che stavo ascoltando.

Si era divertito prima.

Avevo persino comprato segretamente un butt plug per qualche tempo per uso personale, ma non ricordo di averlo detto a Samy.

Quel flirt in ufficio a volte doveva essersi spostato su altri argomenti quando non stavo prestando attenzione.

Il mio sguardo era abbastanza per Samy.

"Non preoccuparti, lo prenderò come un" sì "."

Ha fatto scivolare il suo corpo pesantemente sul mio.

Deve aver ancora sentito gli effetti del suo orgasmo.

Si calò sul mio cazzo e guardò Peter.

"Tesoro, dammi un po 'di lubrificante."

Non fece alcuna mossa mentre sollevava una bottiglia di lubrificante dal comò e si versava un po 'sopra la mano in attesa di Samy.

Mi è sembrato caldo quando mi ha spalmato tutto il sedere.

Samy non guardò nemmeno Peter quando disse:

"Tesoro, potresti alzare le gambe per me?"

Erano ancora legati a nodi da quando sono andato a letto per la prima volta.

Ancora una volta, Peter fece come gli era stato detto senza mancanza di calma.

Allungò una mano sotto il letto e, proprio come sembra, lasciò andare le corde che mi reggevano le caviglie e le reggevano entrambe, una ad ogni estremità di quello che sembrava un manico di scopa.

Quindi allungò la mano per la lunga sbarra che mi teneva le gambe divaricate.

Sollevando le gambe con esso per fissare la barra a un pezzo di corda che era attaccato a un gancio sul soffitto che non avevo mai notato prima.

Ora era disteso sulla schiena con le mani legate e le gambe in aria, spalancate.

Samy quasi urlò quando esclamò:

"Oh sì! Sarà molto più facile!"

Mi strofinò il lubrificante sull'ano e si chinò per leccarmi il cazzo.

Mi è sembrato così bello avere la sua bocca calda sul mio cazzo mentre il suo dito ha lentamente mentito sempre più in profondità nel mio culo.

Non potevo esserne sicuro, ma penso che mi abbia guardato allegramente quando ha annunciato che il suo dito era completamente dentro,

"Ne proverò due!"

Spinse un secondo dito e fu sorpreso di scoprire che invece di ferire o sentirsi a disagio, aumentava solo l'intensità del mio piacere.

Forse stavo usando il mio butt butt più di quanto pensassi.

Sentii di nuovo gemere Samy e mi resi conto che aveva chiuso gli occhi.

Guardai Samy e vidi che Peter aveva trovato di nuovo un buon posto dietro di lei.

Stava lentamente entrando e uscendo da lei.

Non riuscivo a capire in che buca fosse, ma dai lamenti di Samy, sospettavo fosse nel suo culo.

La sua spinta stava diventando più dura sul mio sedere, ma la sensazione migliorò mentre lo faceva.

Mi lamentavo quando mi guardò, mi tolse il cazzo dalla bocca e ansimò:

"Sono già tre dita! Ragazzo sporco. Forse un dildo sarebbe meglio per te. Probabilmente nemmeno grande come tre dita. Proviamo!"

Non era in grado di protestare.

Letteralmente!

Senza nemmeno fermarsi, Peter si appoggiò dietro di sé nel cassetto del comò, lo aprì e tirò fuori un lungo dildo in lattice.

Non era molto spesso, ma era chiaramente un doppio dildo.

Samy mi ha rapidamente rassicurato:

"Non preoccuparti, non metterò tutto dentro."

Ha spalmato più lubrificante sul mio sedere e senza esitazione, me l'ha messo dentro.

Samy mi stava scopando il culo con un dildo e sembrava un paradiso.

Non stava nemmeno succhiando il mio cazzo e sembrava ancora un paradiso.

Si lamentava forte quando la sentii dire:

"OMG, hai ottenuto sei pollici, cattivo ragazzo!"

Non ci potevo credere, ma potevo sentire i lunghi colpi del dildo dentro e fuori dal culo.

Quindi lo tirò fuori, allontanò Peter da lei, si alzò e annunciò:

"Ho un'idea!"

Peter sembrava confuso quando si alzò in punta di piedi e gli sussurrò qualcosa all'orecchio.

Un grande sorriso apparve sul suo viso.

Ho sentito un'ondata di ansia.

Questi due avevano pianificato molto stanotte e ora stava persino uscendo giocoso per loro.

Samy tornò nel cassetto da cui proveniva il dildo ed estrasse una benda.

Me lo ha portato e si è seduto sul letto accanto a me.

"Voglio lasciare che i tuoi sensi prendano il sopravvento. Distogliendo gli occhi bendati, il tuo senso del sentimento ti orbiterà! Fidati di me."

Non sono stato io.

Mi ha messo la benda addosso e mi sono ritrovato ad alzare la testa in modo che la cinghia fosse dietro.

Ogni minimo senso di buonsenso mi aveva detto di protestare, ma il mio corpo mi urlò di "accettarlo".

Samy si mosse di nuovo e cercò di capire cosa stesse succedendo quando sentii Samy leccare il mio cazzo.

Fu confermato quando la sentii chiedere:

"Non è meglio?"

Gemetti in modo affermativo e lei mi lanciò avidamente un pompino sciatto.

Sentii la sua mano attorno al mio sedere e le sue dita sondare il mio buco.

Non riusciva a sentire Peter, ma poteva sentire il peso del letto muoversi con uno di loro che si spostava su di lei.

Samy ha smesso di succhiarmi il cazzo e ho potuto sentirne uno vicino al mio sedere esposto.

"Se ti è piaciuto il dildo ..." disse Samy.

Passarono alcuni secondi quando mi sentii sfregare il culo prima di rendermi conto di ciò che stava accadendo.

Peter stava iniziando a spingere il suo grosso cazzo dentro di me.

L'aveva visto da vicino come aveva fatto, distruggendo il sedere di Samy.

Voleva fermarli, ma era legato come un tacchino, con gli occhi bendati e combattendo un travolgente senso di godimento.

Il mio corpo era in paradiso mentre la mia psiche cercava di ribellarsi da tutta la situazione.

Il suo cazzo era più largo del dildo e stava iniziando a ritmo quando Samy parlò:

"Rilassati. Sai che ti fa sentire bene. Lasciami succhiare il tuo cazzo mentre lui ti scopa e scommetto che ti sentirai così bene che" verrai in men che non si dica! "

E lei l'ha fatto.

Mi stava succhiando il cazzo con grande entusiasmo proprio come si sentiva.

I primi dolori di un imminente orgasmo sono arrivati a me.

La confusione nella mia testa era come un vortice di giusto, sbagliato, gay, etero, tabù e piacere.

Stavo per venire con il cazzo di un uomo nel culo.

E mi sarei divertito.

Che mi piaccia o no.

Il cazzo di Peter ora si muoveva così forte e veloce che potevo sentire le sue palle colpirmi e affondò fino all'elsa ad ogni colpo.

Samy aveva anche aumentato la sua velocità.

Mi stavo avvicinando.

Potevo sentire il mio corpo iniziare a vacillare mentre gemevo e quando lo sentirono entrambi, entrambi andarono su una marcia.

Peter gemeva mentre mi scopava selvaggiamente l'ano.

Samy gemeva sul mio cazzo.

Senza dubbio strofinando furiosamente la sua fica.

Il mio corpo sobbalzò e in quel momento mi fusi con me stesso mentre avevo il miglior orgasmo della mia vita.

Il mio culo e il mio cazzo, allo stesso tempo, erano gli epicentri dell'orgasmo che mi ha colpito.

Samy strinse la bocca intorno al mio cazzo e io sparai il mio secondo carico della notte.

Mentre la mia percezione di ciò che mi circondava riorientava, sentii Peter scivolare lentamente dalle mie spalle.

Samy si stava muovendo intorno alla mia testa per rimuovere il bavaglio.

Quando uscì dalla mia bocca, volevo ansimare pesantemente, ma la sentivo lì che cercava di baciarmi.

Ho aperto la bocca e la sua lingua ha invaso la mia bocca insieme a un morso del mio sperma.

Non so cosa fare.

Ha tenuto la bocca chiusa per un momento ancora prima di alzare la testa e ho potuto sentire la mia sborra scorrere lungo il lato del mio viso.

Dopo ciò seguì un momento di silenzio.

Samy ha parlato prima con Peter:

"Ti è venuta? Sul suo sedere? Oh piccola! È la prima volta."

E poi per me:

"Scommetto che non sei mai venuto mentre il tuo culo ti ha scopato prima, eh?"

Non me ne ero nemmeno accorto.

Nel mio entusiasmo, la corsa di Peter era stata uno spettacolo secondario che non conoscevo nemmeno.

Sentii un po 'di movimento e mi resi conto che Peter mi stava sganciando le gambe.

Samy si era mosso per aiutarmi a sciogliermi i polsi.

Mentre lo facevo, mi tolsi la benda.

I miei occhi hanno impiegato un secondo per adattarsi.

Stavano entrambi sorridendo.

Finalmente ho avuto l'opportunità di parlare:

"Voi due siete pazzi!"

Le mie parole tradite dalla mia incapacità di mantenere un sorriso sul mio viso.

Samy è stato il primo a rispondere:

"C'è una morale in questa storia. Non dire" no "quando sarebbe meglio dire" sì "."

Peter rise:

"Che tipo di merda filosofica è quella?"

"Non lo so. L'ho appena inventato."

Samy mi guardò e disse:

"Gli asciugamani sono lì sullo scaffale" e indicò la porta del bagno.

Guardò Peter:

"Una tazza di tè?" e sorrido.

Peter rispose semplicemente:

"Va bene".

CAPITOLO 5

Ho fatto la doccia e ho cercato di mettere in ordine i miei pensieri.

Quando mi asciugai e mi vestii, scesi le scale e le trovai entrambe in cucina.

Il mio tè sul bancone.

"Abbiamo ordinato un taxi per te. Dovresti essere qui tra dieci minuti." Disse Peter

In dieci minuti arrivò il taxi.

Mi hanno augurato la buona notte come se fossi appena venuto a prendere una tazza di tè.

Samy mi fece l'occhiolino e io salii in taxi.

Quello è stato il mio primo rapporto a tre con un uomo.

FINE

IL DESIDERIO DI SANDY

"Ti aspetterò nella solita stanza d'albergo stasera, ho bisogno di te."

Sandy riattacca il telefono a Sam, anticipando nervosamente la sua grande notte.

Non hai mai fatto passi così audaci con nessun altro amante.

Sebbene esigente e affamato come un lupo, nessun uomo ha toccato le sue passioni più profonde come fa questo amante.

E quando lei gli dice provvisoriamente, con sua grande gioia, è ricettivo ad esso.

La sua mente impazzì.

Questa amante può davvero darle quello che desidera?

Nella sua routine quotidiana, Sam è un uomo potente e di successo, un uomo che nel suo mondo smette di ascoltarlo.

E nel suo mondo, Sandy è una madre sposata tranquilla di periferia, anch'essa ascoltata, ma solo da bambini piccoli.

Vuole il controllo e il rispetto quasi quanto lui vuole che qualcuno si prenda cura di lui.

Qualcuno di assumersi la responsabilità.

Qualcuno per alleviare la pressione di essere sempre al comando.

***

Sandy si trova di fronte alla porta della camera d'albergo, sapendo che la sta aspettando dentro.

Bussa nervosamente alla porta.

Invocando il suo coraggio e ricordando le sue fantasie, recita un po 'la sua parte.

"Adesso apri la porta o vado a casa."

Sam sorride alla voce del suo amante che lo ordina.

Riesce quasi a sentire le risate musicali che accompagnano la maggior parte del suo discorso, sapendo che lui nella sua vita, in generale, la fa ridere e questo in particolare è un cambio di ritmo per lei, quindi deve esplodere di gioia.

Quando la porta si apre, evita un sorriso.

Le sorride e i suoi occhi trafiggono i suoi nel tentativo involontario di lottare per il controllo della situazione.

"Non stanotte, Sam. Non stanotte. Stasera sono io il responsabile, non tu. Togliti tutto e vai a letto. Adesso coccolami o andrò."

Sandy pronuncia queste parole con crescente sicurezza.

La sua voce risuona fermamente.

In piedi con i piedi ben piantati per terra, Sandy lo guarda spogliarsi.

Ogni capo che si toglie rivela un po 'di più del suo incredibile fisico.

WOW.

Come le piace.

"Adesso sdraiati sul letto. E non muoverti, Sam, o me ne andrò. Sono serio."

Sandy sembra serio e deciso, il suo primo esercizio di controllo e con l'entusiasmo che cresce ogni minuto.

Si sdraia sul letto, la sua mascolinità, al momento libera, cresce lentamente, creando una linea perpendicolare al suo corpo disteso.

"I tuoi occhi su di me. Guardami."

Sandy è in piedi ai piedi del letto, il suo amante nudo di fronte a lei.

Rimuovendo ogni capo d'abbigliamento molto lentamente e deliberatamente.

Tirandosi lentamente la camicia sopra la testa, si ferma di fronte a lui.

La sua scollatura sporge dalle coppe del reggiseno nero, cercando debolmente di tenere le tette in posizione.

La sua vita sottile è coperta da un corsetto nero, legato nella parte anteriore per enfatizzare le sue curve.

Lentamente si toglie la gonna, centimetro per centimetro, rivelando un sottile perizoma di perline nere e delicati fiocchi, anch'essi neri, su ogni fianco.

Girandosi in modo che la guardi alle spalle, lentamente si slaccia il reggiseno in modo che il suo seno oscilli liberamente sul suo corsetto, liberato dalla sua prigione temporanea.

Sandy sospira di gioia.

Con le spalle al suo amante, gira la testa sulla sua spalla e lo avverte di nuovo:

"Non muoverti".

Girandosi lentamente ed esponendo il suo delizioso seno, tiene il reggiseno tra le mani.

Lanciandolo verso il letto, cade sul suo ginocchio.

Il laccio del reggiseno le solletica il ginocchio e si piega per rimuoverlo.

Sandy lo guarda severamente:

"Questo è il tuo primo avvertimento. Non muoverti. Sai molto bene cosa succederà se lo fai."

Mentre fatica a rimanere fermo, sente che il reggiseno lo mette a disagio, solleticandogli il ginocchio.

È sempre più consapevole della sua presenza.

La sua pelle formicola con il desiderio di graffiare.

Mentre i loro sguardi continuano a incontrarsi, Sandy tira lentamente i lacci ai lati del suo perizoma nero, sciogliendolo.

Nel frattempo, cade a terra, insieme agli altri vestiti.

In piedi, ora completamente nudo, tranne per il corsetto, Sandy solleva lentamente il ginocchio sinistro dai piedi del letto al materasso, in procinto di strisciare verso di lui.

Alzando l'altro ginocchio, lei è ai suoi piedi.

Con le mani tese in avanti, il suo corpo ondeggia leggermente con lussuria incontrollata.

Lei ondeggia in ginocchio, imitando il suo desiderio di cavalcare il suo cazzo duro, mentre la guarda lussuriosamente negli occhi.

Sam è lì, pronto a tenere le mani ai lati, combattendo l'impulso di prendere il controllo di questo bellissimo gattino sessuale ai piedi del suo letto.

Si ricorda da quanto tempo hanno aspettato di consumare correttamente questa fantasia, e vuole realizzarla fino all'ultimo dettaglio.

Si dimena impaziente, ricordandosi che se si muove, rovinerà questo delizioso gioco.

Il suo cazzo è costantemente attento e Sandy non può fare a meno di notare quanto appaia assolutamente appetitoso.

Leccandosi le labbra in modo suggestivo, incontra il suo sguardo, notando il sudore che si forma sul labbro superiore.

Mentre lotta per seguire i suoi desideri per quella notte.

Si ferma e si rende conto che il suo reggiseno le sfiora ancora il ginocchio, sapendo che il materiale nel tessuto lo sta facendo impazzire.

Fortunatamente per lui, lei lo solleva dal ginocchio.

Ma poi fa scorrere il tessuto a rete e lo allaccia lentamente lungo la coscia, sopra l'inguine, accarezzandole leggermente la pelle, fino a quando non lo getta dietro di sé nella pila di abiti scartati ai piedi del letto.

Facendo scorrere il suo corpo con grazia, lei porta la sua bocca a pochi centimetri dalla sua.

Guardando le sue labbra, sa che questa è la bocca che bacia con passione cruda, con tanta fame.

Sa che sta combattendo i suoi più forti desideri di non stare fermo e divorarla con la bocca.

Seduto sul petto, sostenendo il suo corpo con le sue gambe forti, la sua figa volenterosa e la sua pelle esuberante le sfiorano il busto.

A cavalcioni di lei, lei gli chiede gentilmente:

"Ti piacerebbe mettermi alla prova?"

Tremando, sapendo che hanno completamente scambiato potere per quella notte, può solo annuire.

In risposta al suo assenso, Sandy fa scorrere il dito medio sulla sua fessura gocciolante, alzandosi leggermente per farlo guardare.

Con un dito luccicante con i suoi succhi, se lo passa sotto il naso, senza toccarsi la pelle.

"Riesci a annusarmi, Sam?"

Annuisce di nuovo.

"Ti piacerebbe mettermi alla prova, Sam?"

Sandy assorbe completamente il suo ruolo di responsabile e si diverte a tentarlo e stuzzicarlo, sapendo che entro la fine della notte avranno sperimentato qualcosa di completamente nuovo.

Sandy si tocca il labbro superiore tremante con il dito, nutrendolo con i suoi succhi come un'oasi nel deserto.

Mentre le passa un dito sulle labbra, si sporge in avanti, così il suo seno ondeggia e sfiora il suo petto mentre lo fa.

Tirando fuori la lingua, si lecca solo le labbra, condividendo i suoi succhi, assaporando le sue labbra, trattenendosi dal divorarlo, sapendo che una volta che la bacia, perderà il controllo che ha lavorato così duramente per raggiungere.

Labbra strette mentre si toccava, Sandy riacquistò rapidamente la sua leggera perdita di calma.

Infilando un dito tra i denti, lecca la sua essenza.

I suoi occhi e il suo non si separano mai, e il loro sguardo si è già scopato migliaia di volte prima che le loro parti del corpo convergano.

Scivolando un po 'lungo il busto, il suo sedere gioca con il suo cazzo eretto mentre i suoi glutei avvolgono la sua virilità palpitante mentre lotta per spingerla tra le sue gambe.

Continua a scivolare indietro, il suo fiore caldo e caldo che sfiora la punta della sua bacchetta dura, tentandolo e stuzzicandolo con il suo calore.

Scivola giù per le sue gambe, che fatica a trattenere immobile, fino a quando la sua bocca raggiunge il suo enorme osso.

Scivolando lentamente la punta della lingua tra le sue labbra, Sandy si lecca la testa, ma niente di più.

La sua amante fa fatica a infilarsi in profondità nella sua gola, ma lei rifiuta di soccombere al suo desiderio di zittirlo con la bocca.

Invece, lo tormenta lentamente, leccandolo come un cono gelato, assaporando la testa arrotondata del suo cazzo.

"Ne vuoi di più, Sam?" Chiede dolcemente Sandy.

"Uh eh," una risposta strozzata emerge dalla sua gola.

"Ho bisogno che mostri quello che vuoi. Mostrami cosa dovrei fare con la tua bocca."

Quando Sandy dice questo, fa scivolare il suo corpo dal suo cazzo nella sua bocca, dove pianta la sua figa gocciolante vicino alla sua bocca.

"Mostrami come ti piace essere leccato. Devo imparare e solo tu sai di cosa hai più bisogno."

Sandy cavalca la bocca direttamente, afferrando il lato della testa con entrambe le mani, guidando la testa in avanti per portare la bocca e la figa a contatto diretto.

"Mangiami. Mostrami quanto mi ami."

Quando gli ordina di farlo, Sandy rilascia la testa e si appoggia alle sue braccia, portando la sua figa in bocca.

Capovolgendo la testa in estasi, si rende conto che il suo amante si sta godendo di nuovo completamente il suo gioco di ruolo mentre gira affamato la sua figa, sapendo che se fa un buon lavoro i premi saranno immensi.

Passandosi la lingua sulle labbra, aprendo il fiore, succhiandosi il clitoride, si sente alternativamente più incredibile nella sua bocca affamata.

Continua a leccarla fino a quando la sua eccitazione le scende sul mento.

Si allunga per afferrare i suoi fianchi e lei indietreggia rapidamente.

"Ti avevo detto di non muoverti. Questo è il tuo secondo avvertimento."

Mentre ritira rapidamente la figa dalla bocca, osserva lo sguardo perplesso negli occhi del suo amante.

Incapace di rimanere completamente sulla carta, Sandy si sporge in avanti e le lecca delicatamente i succhi dalla faccia, baciandogli le guance e guardandolo negli occhi in modo che capisca che lei sta davvero giocando il gioco, ma che nulla la toglierà davvero da lui. lui.

Dopo che gli lecca la bocca, il ricordo della sua eccitazione quasi le fa perdere il controllo.

Tremando per mantenere il suo ruolo, si allontana rapidamente da lui e si alza dal letto per guardare il suo amante sdraiato lì, in attesa della sua prossima mossa.

Il suo cazzo si illumina dove gli ha leccato la testa, ma nota una piccola goccia di liquido pre-seminale che spinge dalla punta.

"Sam, sembra che tu sia molto eccitato. Puoi parlarmene?"

"Mi stai facendo impazzire, Sandy. Questa è la tortura più dolce che abbia mai visto."

"Bene Sam, la pazienza ha i suoi vantaggi e voglio che noi due impariamo qualcosa. E non sono vicino a metterti fine."

Mentre lo dice, si alza rapidamente dal letto e si china per dare al suo amante una vista del suo culo meravigliosamente arrotondato.

Geme lussuriosamente, sapendo che deve solo guardare.

Prende qualcosa dalla borsa e si gira con in mano un piccolo oggetto, ma con un pugno chiuso, ovviamente, perché non è pronta per essere visto.

"Chiudi gli occhi", ordina.

Ogni parte della loro forza di volontà viene messa alla prova poiché le uniche restrizioni e divieti che usano per questo gioco di ruolo sono puramente mentali.

Ha scelto di non muovere o aprire gli occhi semplicemente perché Sandy lo ha richiesto.

Sente il suo corpo sistemarsi accanto al suo e il materasso si muove leggermente, poiché deve essersi seduta accanto a lui.

La sua piccola mano tocca la testa del suo cazzo, il suo dito strofina il liquido pre-seminale intorno alla cima.

"Sam, sembra che tu sia pronto per esplodere. Ma io sono pronto per quello. Ma non preoccuparti e non aprire gli occhi o muoverti."

Il silenzio è assordante poiché l'unico suono nella stanza è il suo respiro sempre più affannoso.

Sandy afferra il suo cazzo con una mano e con l'altra fa scivolare qualcosa sopra la sua testa, un freddo anello di metallo che gli fa tremare il corpo e gli fa tremare la schiena.

Fa scivolare l'anello fino alla base del suo cazzo e il suo polso si contrae.

Immediatamente, si sente più forte e gonfiore.

"Apri gli occhi."

L'amante apre gli occhi e cattura un lampo di metallo e un cuscinetto alla base della sua enorme erezione.

"Un anello del cazzo, eh?"

"Questo è il mio jolly di sicurezza, Sam. Ho un sacco di cose da fare con te e non voglio che questo finisca prima di iniziare. Riesci a sentirlo?"

"Sì, è stretto."

"È scomodo?"

"No, solo diverso."

Il suo amante deglutisce, un po 'nervoso, per non aver mai usato nessun tipo di giocattolo per adulti.

"Il cuscinetto è progettato per darmi piacere. Vado a vedere come ci si sente. Resta fermo."

Sandy si sta godendo il suo gioco di controllo e la sua eccitazione sta iniziando a raggiungere il picco.

I suoi succhi caldi scorrono liberamente, quindi tutto ciò che deve fare è cavalcarlo e calarsi su di lui, che lo riempie immediatamente con il suo enorme cazzo.

Si sporge in avanti facendo rotolare il cuscinetto sul suo clitoride.

Il suo corpo riscalda immediatamente il freddo metallo e lei preme suggestivamente contro il suo punto magico mentre oscilla in avanti.

Il suo membro si inarca leggermente mentre si stringe nel cuscinetto.

Le afferra i polsi con le sue manine, sebbene ogni tipo di moderazione sia puramente simbolico, dal momento che potrebbe facilmente sconfiggerla.

Il tuo gioco non riguarda davvero il potere.

Si pone semplicemente come l'aggressore, l'eroina conquistatrice.

Con un'astuta strizzatina d'intesa tra loro non espressa, il loro reciproco piacere si intensifica.

"Questo è quello che voglio, Sam. Riesci a sentirmi? Riesci a sentire quanto mi fai caldo?"

Sandy si morde il labbro inferiore mentre preme più forte.

Le pareti della sua vagina si stringono, stringendo il membro di Sam con un dominio possessivo.

Si alza in piedi, stringendo il suo membro mentre sente che l'anello del cazzo limita la sua eccitazione, rendendolo più difficile.

Sam fa una smorfia mentre il suo istinto è quello di gettare selvaggiamente i fianchi nelle profondità del suo fascino femminile.

Ma ricordando che ha già due avvertimenti, fa fatica a trattenersi.

Sandy scivola fino alla cima del suo cazzo, con solo la testa dentro di sé e rimane perfettamente immobile, pronto a liberarlo o circondarlo.

Il momento di tensione si prolunga quando Sandy rimane perfettamente immobile.

"Sam, ti stai divertendo? Ti piace come suona il tuo amante? Puoi seguirmi di nuovo?"

La giocosa presa in giro di Sandy entusiasma Sam quando si rende conto di poter attraversare la linea solo una volta.

Invece di rispondergli, alza i fianchi e affonda il suo membro pulsante e virile in lei.

L'anello del martello che rotola sul suo clitoride e lui le sorride scherzosamente,

"Tre avvertimenti mi mandano in banca?"

Sandy sussulta per un momento, pronto a mantenere il controllo e sorride a Sam:

"Analogia del baseball, eh? Direi che questo è un avvertimento disonesto. Facciamo un altro tiro."

Sandy continua a tenere il polso di Sam con una specie di falsa presa mentre si allontana con riluttanza da lui.

Guardandola, la premessa del gioco perde improvvisamente importanza.

Vuole che quest'uomo la spinga dentro e a volte sta perdendo la sua forza di volontà.

"Penso di aver bisogno di controllare con il lanciatore", dice Sandy, mantenendo viva l'analogia del baseball, ma si sporge per baciare Sam.

Premendo la bocca contro la sua, lei geme lussuriosamente, mentre il gioco di ruolo evapora rapidamente.

Senza fiato, si separa da lui.

"Scopami adesso. È il mio ordine, Sam."

Sam sorride a Sandy e fa un sospiro di sollievo.

"Con o senza questa cosa?"

Sam indica curiosamente l'anello del cazzo.

Detto questo, fino a quando non stai per raggiungere l'apice, allora te lo toglierò. "

Sandy si gira sulla schiena e apre le gambe con un invito seducente.

"Sam, ricorda che sono ancora al comando e voglio che tu mi scopi con la bocca."

"Felice, mia padrona. Felice. Adesso tocca a te rimanere immobile."

Mentre Sandy allarga le gambe, Sam si alza in mezzo a loro e si contorce avidamente con la lingua tra di loro, sentendo il nettare. scivolare sulla lingua, fluendo grato per la sua eccitazione.

Mentre le lecca il fiore aperto, camminando intorno a lei, Sandy geme con un desiderio di desiderio primitivo.

Sandy è perso nelle sensazioni della lingua di Sam e galleggia in un posto lontano dalla sua camera d'albergo.

Afferrandogli la testa, lei lo invita silenziosamente a unirsi al suo viaggio estatico.

Sam misura le sue risposte e sa di essere sull'orlo del suo orgasmo.

Lui fa scivolare il suo corpo, il suo gusto ancora sulle sue labbra.

Mentre si infila il suo cazzo dentro, la bacia profondamente sulla bocca.

Entrando facilmente, Sam sente che le sue pareti tremanti lo circondano.

Sente il suo anello contro il clitoride mentre Sam si spinge ancora e ancora, mostrandole che ci vogliono due, non uno, per fare l'amore.

Piega le gambe indietro finché non si appoggiano sulle spalle di Sam, e lui la penetra completamente.

Il suo corpo è pieno di lui, il clitoride solletica e sente ogni profondità della sua femminilità.

Sam si consuma la faccia, il collo e le spalle con i suoi baci.

"Oh sam"

Sam accelera il passo, sapendo che il suo Sandy è molto vicino al climax.

Lei inizia a muoversi e lui ricorda la premessa della notte.

"Sei pronta, mia padrona?"

"Sono."

Fermandosi per un momento, Sam si ritira da Sandy.

Afferra il suo cazzo, satura dei suoi succhi di frutta, e fa rotolare l'anello del cazzo.

La palla di metallo arrotondata traccia un percorso invisibile lungo il suo cazzo.

Tenendo l'anello lucido nel suo palmo, sorride al simbolo della loro reciproca estasi.

Sandy si mette l'anello in bocca e lecca la circonferenza, senza mai distogliere lo sguardo da quello di Sam.

Tenendo l'anello tra i denti, si sporge verso Sam mentre lo estrae dai denti, solo per gettarlo sul letto.

"Sei così bella che nulla può impedirmi di voler essere dentro di te, in ogni modo."

"Prendimi, mio amante."

Senza ulteriori parole, Sam spinge la sua furiosa erezione nell'apertura affamata di Sandy.

Lo saluta quasi dentro con un grido di benvenuto.

Ripetutamente la spinge selvaggiamente, ancora e ancora.

Sandy geme con passione incontrollabile.

"Mmmmmmmmmmmm, Sam. Oh tesoro. Quindi, così, più forte, davvero."

"Oh piccola Sandy, ti amo così tanto."

"Vieni Sam, più forte."

Sam si ferma per un momento, tirandosi fuori dal caldo di Sandy.

"Sandy, sono pronto ad esplodere. Sei pronto?"

"Ero pronto per te nel momento in cui sei entrato, Sam."

Quando Sandy dice questo, si accovaccia, guidando Sam alla sua bramosa apertura.

Con un rapido movimento, Sam si spinge verso Sandy e stringe i denti.

Seppellire il suo cazzo palpitante in profondità in lei.

Geme come una donna che si è improvvisamente riempita di tutto ciò di cui ha bisogno.

"Oh Sam, l'hai ancora enorme per me."

"Perché tuo marito non è così preparato per te. Mi sono mentalizzato tutto il giorno. Mi è piaciuto vederti prendere il controllo."

"È vero che non è così, e adoro condividere ciò che hai con me."

Gli amanti smettono di parlare e iniziano a muoversi più velocemente, entrambi pericolosamente vicini al loro climax.

Sam spinge ripetutamente e Sandy si alza per incontrare ciascuna delle sue spinte mentre si scatenano nella gioia primordiale.

"Oh Sam, vieni con me ... sono già lì ..."

Sandy ansima e si contorce mentre il suo viso si contorce con passione incontrollata mentre ondate di muscoli contratti le afferrano dentro e irradiano piacere attraverso il suo corpo.

"Oh Sandy ..."

Il corpo di Sam si irrigidisce e la prende tra le sue braccia mentre trasferisce tutta la sua energia dal suo cazzo pulsante al corpo accogliente di Sandy.

Il suo latte scorre verso di lei, mentre il suo succo scorre intorno al suo grosso cazzo, in un'estasi liquida.

Crollando entrambi senza fiato sul materasso, si tengono per mano mentre i battiti del cuore rallentano.

"Era molto meglio delle solite polveri veloci, non credi?" Sam sorride maliziosamente a Sandy.

"Oh sì, e il viaggio di mio marito è stato utile. Quindi potremmo goderci meglio la nostra camera."

"Beh tesoro, non volevo davvero spendere tutta la mia passione accumulata per far andare a letto mia moglie. Volevo darti tutto."

"E volevo che tu mi concedessi tutto. Direi che abbiamo avuto il nostro desiderio, giusto?"

"Sì. E abbiamo ancora tempo per altro, dato che mia moglie non mi aspetta a casa presto ... "

"Grande! Dovremo rimettere a posto quel gustoso cazzo "disse Sandy mentre si chinava per leccare di nuovo il suo cazzo ...

FINE

MOGLIE DOMINANTE

CAPITOLO 1

Tutto era iniziato innocentemente.

Avevo sempre fantasticato che mia moglie avesse più controllo a letto, e quando mi ha chiesto se poteva legarmi, ho colto al volo l'opportunità.

Tirò fuori alcune delle mie vecchie cravatte dall'armadio e mi legò a gambe aperte al letto.

Poi invece di cavalcarmi, mi ha bendato.

Andava bene, non quello che mi aspettavo, ma è stato un bel tocco.

Alla fine il mio desiderio fu esaudito, ma sembrava che avessi dimenticato qualcosa.

Qualcosa di molto importante.

Come ho detto, avevo sempre fantasticato su mia moglie che prendesse il controllo.

Non avrei mai immaginato che sarebbe stata così brava.

Mi ha stuzzicato senza sosta, succhiandomi forte e poi facendo scivolare il suo sesso succoso sul mio petto e di nuovo nella mia bocca per farmi mangiare, pizzicandomi i capezzoli o sbattendo il mio cazzo contro il mio stomaco.

"Per favore, padrona, devo venire. Ne ho davvero bisogno adesso."

Non era sicuro di quando avesse iniziato a chiamarla Padrona durante i giochi serali, ma gli sembrava molto più facile ora che era iniziato.

"Mmmmm ... lo schiavo è arrapato? Vuole essere scopato?"

Non ho nemmeno avuto il tempo di chiedermi del suo cambiamento di tono o di come mi chiamasse, perché c'era un'intrusione che non avrebbe dovuto esserci.

Mi stava infilando un dito lubrificato nel culo stretto, qualcosa che nessuno aveva fatto prima.

"No-uh-huh," ringhiai, cercando di fermarla, ma era troppo tardi.

Ha spinto il suo dito fino in fondo e poi ha iniziato a spingerlo dentro e fuori dal mio culo.

Più lo facevo, più mi rendevo conto che non era così male come pensavo.

Mi sentivo pieno, ma ogni volta che lo tiravo fuori, mi sentivo pericolosamente come se dovessi andare in bagno.

Ma una volta superato, mi sentivo abbastanza bene.

Diavolo, chi stava prendendo in giro, era davvero bello.

"Allo schiavo piace, vero?" Chiesto a mia moglie.

Era difficile ammetterlo, ma annuii.

"Sì..."

Ritirò le dita.

Ho pregato che lo facesse di nuovo e si masturbasse allo stesso tempo.

Ma invece, l'ho sentita spremere altro lubrificante e lubrificare di nuovo l'ingresso del mio culo.

"Lo schiavo vuole due dita su per il culo?" lei chiese.

Non ho mai sentito mia moglie parlare sporco prima d'ora.

Tranne le poche volte che è stata vicina all'orgasmo e mi ha detto di scopare la sua figa.

Anche allora dubitava, come se avesse paura di dire una parola così maliziosa.

Questo suo nuovo atteggiamento era totalmente inaspettato.

Dopo anni di dominio, è stato un enorme cambiamento essere improvvisamente la persona i cui limiti venivano superati.

Era erotico, sì, ma anche un po 'spaventoso.

"Sì," ho risposto.

"Lo schiavo deve dire 'Sì, fallo, padrona.'"

Perché continuava a chiamarmi Lo Schiavo?

Deve essere una specie di gioco di ruolo.

Era un po 'inquietante e scomodo, ma non abbastanza per alleviare il mio bisogno di liberarmi.

"Sì, lo schiavo lo vuole, padrona," dissi.

Ha spinto le sue dita dentro di me.

Prima mi sentivo pieno ed era un po 'strano, ma questa volta era come se mi stessero allungando. . . ampliato.

E quando ha iniziato a scoparmi, ho sentito i suoni umidi delle sue dita lubrificate entrare in me.

Mi ha fatto sentire un po 'sporco.

Sapevo che in qualche modo stavo rinunciando più della mia verginità anale, perché il senso di controllo che avevo era totalmente suo.

Ho fatto del mio meglio per impedire al mio corpo di reagire.

Ho provato a fermare i grugniti e i gemiti che volevano uscire dalla mia bocca, ho cercato di fermare la spinta dei miei fianchi e la diffusione delle mie gambe, ma è stato tutto inutile.

"Che puttana. Lo schiavo lo adora, non è vero? Lo schiavo ama essere scopato nel culo. Adora essere 'usato'."

"Sì," ammisi, incapace di fare a meno di combattere la situazione, accettando il ruolo che mi aveva dato e aprendomi alle sue dita.

In poco tempo, stava spingendo contro di lei.

"Lo schiavo lo adora. Lo schiavo vuole venire", lo supplicai.

Mia moglie teneva ferme le dita e io continuavo a muovermi contro di lei come meglio potevo nonostante le mie restrizioni.

Sapevo cosa stavo facendo.

Stava ammettendo di amarlo.

Che non mi stava obbligando.

E non mi importava.

"Lo schiavo lo adora. La mia cagna lo adora nel suo culo sporco, giusto?"

"Sì, lo schiavo lo vuole."

Mi ha toccato il cazzo.

"Lo schiavo è molto duro. È una puttana per aver voluto questo. Scommetto che vuole venire adesso."

"Mmmm" gemetti. "Lo schiavo vuole davvero venire adesso."

"Ma cosa farebbe lo schiavo per venire, hmmmm?" lei chiese.

"NULLA!" Gemetti.

"Nulla?" lei chiese. "Lo schiavo è al sicuro?"

"Sì," era quasi senza fiato. "Lo schiavo è molto al sicuro."

"Ti lasceresti scopare dall'amante della tua padrona? Ci lasceresti farlo proprio qui con lo schiavo nella stanza?"

CAPITOLO 2

WOW, è stato piuttosto confuso.

Ero l'amante di mia moglie, giusto?

E la casa era vuota, giusto?

Un gioco... doveva essere quello.

"Sì signora", ho risposto.

Si alzò dal letto, uscendo dalla stanza e lasciandomi ancora desideroso.

Ho sentito il suono soffocato di parlare con qualcuno.

Non poteva esserci nessun altro.

Era sicuro che la casa fosse vuota.

Ma se era vuoto, con chi stava parlando?

Vorrei non essere stato bendato.

La stanza divenne improvvisamente molto fredda e il gioco non assomigliava più tanto a un gioco.

La mia impotenza e la situazione in cui mi trovavo hanno finalmente toccato la mia anima.

La porta si aprì e feci del mio meglio per chiudere le gambe nel tentativo di proteggere ogni rimanente modestia.

"Eccolo", ha detto mia moglie. "Come ti ho detto. La puttana a cui piace farsi scopare il culo."

Ho capito quello che avevo dimenticato prima: una parola sicura.

Non ne avevo.

Mia moglie aveva menzionato di scopare il suo amante, ma dalle cose che diceva, potevo essere io quella che veniva scopata.

Ho rotto.

Anche se era un gioco, era diventato troppo intenso.

Ho tirato le mie restrizioni.

"Tesoro," lo implorai.

Era difficile per me respirare.

Ho iniziato a versare lacrime che sono state assorbite dalla cravatta che mi copriva gli occhi.

"Shhhh," ha detto, accarezzandomi, rassicurandomi. "La volpe ha paura?"

"Sì," ammisi.

Adesso poteva respirare un po 'più facilmente, ma tremava ancora.

Per fortuna mia moglie si è tolta la benda.

Mi guardai intorno nella stanza.

Non c'era nessun altro lì.

"Migliore?" lei chiese.

"Sì," sospirai di sollievo.

"Bene," disse, mentre saliva sul letto e si metteva a cavalcioni sul mio viso.

Ma il suo sesso era fuori dalla mia portata.

Spalancò le labbra bagnate del suo sesso e fece scivolare un dito dentro, scopandosi, giocando con me, stuzzicandomi, chiedendosi quanto lo volessi.

Poi ha tenuto il suo sesso aperto abbassandolo alla mia bocca in attesa.

Tuttavia, quando ho provato a baciarla e darle piacere, si è allontanata, ridendo.

"Guarda," disse a nessuno in particolare. "Te l'avevo detto che ero una puttana. La mia piccola schiava debole."

Mi spinse un dito bagnato in bocca.

Ero intriso del suo sapore.

L'ho succhiato, lasciandolo pulito mentre lo spingevo dentro e fuori dalle mie labbra.

"Sì, è il mio 'schiavo debole', giusto?" mi ha chiesto, come se parlasse a un bambino.

"Lo sono, voglio dire io sono la tua schiava, padrona", ho risposto.

"Lo schiavo sta riscaldando la sua padrona e facendo in modo che la sua padrona voglia il grosso cazzo grosso del suo amante."

È venuta mia moglie.

Mi aspettavo di sentire la sua mano avvolgere il mio cazzo e masturbarmi mentre la facevo piacere, ma invece quando la sua mano è tornata, conteneva qualcosa che non avrei mai saputo di avere: un dildo!

E non solo un dildo qualsiasi.

È stato grande.

Molto più grande del mio cazzo ed era nero.

Lo baciò, poi glielo strofinò tra i seni e infine lo fece scivolare avanti e indietro tra le labbra del suo sesso.

"Dio, non vedo l'ora di sentire il tuo grosso cazzo grasso nella mia figa", ha detto, e poi ha messo il dildo sulle mie labbra. "Succhia il cazzo del mio fottuto amante. Rendilo duro per la tua padrona."

Ho guardato negli occhi mia moglie, aspettandomi quasi di vedere un sorriso.

Un sorriso che mi avrebbe ucciso, ma non c'era.

Invece, i suoi occhi erano socchiusi per il piacere.

Ho aperto le labbra e l'ho succhiato, assaporando il lattice e il muschio del suo sesso.

L'ha pompato dentro e fuori dalla mia bocca per alcuni minuti e sulle mie labbra mentre lo baciava.

"Anche la mia padrona è il fottuto cazzo dello schiavo, giusto?"

Non potevo rispondere, ma il dildo nella mia bocca diceva molto.

"Adesso è pronto, non essere avida piccola stronza." disse, tirandolo fuori dalla mia bocca. "Lo rilascerò adesso. Diventerà un buon schiavo della sua Padrona?"

"Sì, padrona," risposi, mentre scioglieva i miei legami.

"Ricorda solo QUELLO", ha detto, indicando il mio cazzo, "appartiene a me."

Quando ero libero, mi ha spostato al centro del letto, sempre sulla schiena.

Una volta lì, mi ha montato la faccia e poi ha raggiunto dietro di lei e ha spinto il dildo nel suo sesso.

"Oh Dio," ansimò, mentre lo spingeva dentro. "Che cazzo. Umm-mmm-così dannatamente grosso."

Ero momentaneamente geloso.

Sì, geloso di un oggetto inanimato.

Dalla mia posizione, ho potuto vedere che la stava allungando e riempiendo in un modo che non avrei mai potuto.

Ho cercato di non lasciarmi disturbare mentre scagliavo il suo clitoride con la lingua con rinnovato entusiasmo.

"Guarda," disse, parlando al suo amante immaginario. "Guarda, ti ho detto che la piccola cagna voleva vederti scoparmi. Oh, amore, il tuo cazzo è così grande e si sente così bene. Mi farai venire, mi farai sborrare su tutta la sua faccia."

Gridò di piacere e il suo corpo si irrigidì.

Ha premuto il suo sesso contro la mia bocca con forza schiacciante, mentre mi ha sbattuto contro.

"Cazzo, cazzo, cazzo, cazzo."

Ha tirato fuori il dildo dal suo sesso e mi ha coperto la bocca con l'apertura del suo sesso.

"Assaggia il mio latte, bevilo", ordinò.

Mentre beveva bene da lei, mi ha pompato il cazzo.

Quando ho scosso i fianchi in risposta, ho sentito il dildo premere contro il mio sedere.

"Allarga le gambe, puttana. Concediti al mio amante", ha chiesto mia moglie.

Non era pronto per questo e stava andando troppo lontano.

"Fatene una puttana", ha detto.

La sua voce non ammetteva la disobbedienza.

Ho allargato le gambe.

Non solo mi chiamava puttana, ma mi sentivo anche tale.

Ha spinto il dildo contro il mio culo, cercando di forzarlo.

Non funzionerebbe.

Ho provato a rilassarmi.

Ho provato a sopportarlo, ma era troppo grande e faceva troppo male.

Ho urlato ogni volta che ha spinto.

"È troppo grande per lo schiavo, non è vero?" ha chiesto comprensivamente. "È un cazzo troppo grosso per il suo culetto sporco."

Annuii sollevato.

Il mio culo bruciava ancora.

"Dillo!" richiesto.

Quando volevo che mia moglie prendesse il controllo, non ci avevo pensato.

Avrebbe dovuto legarmi e poi fare quello che volevo che facesse.

Invece, mi stava facendo fare quello che "lei" voleva e dire quello che "lei" voleva che dicessi.

"Lui è, è troppo grande", Dio, era difficile da dire.

Mi aveva quasi fregato più di ogni altra cosa ammetterlo, ma sapevo che non avrei potuto sopportarlo.

"È troppo grande per il mio culo sporco."

Fortunatamente, ha posato il dildo e ha premuto le dita contro il mio buco rugoso.

Sono scivolati facilmente.

Gemetti in risposta.

"Ma al mio schiavo piacciono le dita della sua padrona, non è vero? Ha bisogno di allargare le gambe e toglierle dal percorso della sua padrona."

"Sì, allo schiavo piace molto di più così."

Ho fatto quello che ha detto, mettendo le mani dietro le ginocchia e tirando le gambe fino al petto.

"Di più," disse. "Lascialo a me."

Mi sono alzato ancora un po '.

Il mio sedere ha lasciato il letto.

Potevo facilmente vedere come stava pompando il mio cazzo con una mano e accarezzandomi il culo con l'altra.

"Oh sì, è così. Lascia fare a me." Mi ha guardato come se mi appartenesse. "È tutto mio, giusto?"

"Umm sì," ringhiai.

"Lo schiavo si sente come una puttana?" lei chiese. "Si sente come la 'mia' puttana?"

Mi sono sentita una puttana.

Nessun uomo degno di questo nome sarebbe stato nella posizione in cui si trovava.

Peggio ancora, l'ho adorato.

"Sì," ringhiai in risposta.

Era la mia immaginazione o era la mia voce più alta?

"Sì, il mio schiavo sembra una puttana e suona anche come una puttana. Come poteva non sentirsi una puttana?" disse, e io gemetti in risposta. "Lo vuoi, no, puttana. E mi darà tutto il suo sperma, giusto? Oh sì, vuole così tanto, ma cosa farebbe il mio schiavo per venire?" Ha detto, rilasciando il mio cazzo e facendo rotolare le mie palle gonfie nella sua mano, mentre continuava a sondare il mio ano.

"Qualunque cosa," risposi e lo intendevo.

Le mie palle sembrarono esplodere.

"Il mio schiavo berrà lo sperma dell'amante della sua Padrona? Pulirà il suo cazzo sporco?"

"Sì! Per favore, qualsiasi cosa, per favore, lasciami venire"

"Quindi lamentati, puttana."

"Ugh, oh sì!" Ho pregato in risposta.

Ha tenuto il mio cazzo per la base e ha giocato contro il fondo, stuzzicandomi.

"Le puttane non si lamentano così. E lei ha detto che era la mia cagna, giusto?"

"Sì. Sì ... io ... lei è ... la tua puttana," risposi e fui ricompensato con un piccolo bacio sulla testa del mio cazzo.

Mi sono fatto coraggio dentro.

Potrei davvero farlo?

Cosa avrebbe pensato mia moglie di me quando lo avessi fatto?

Come sarebbe stata la nostra relazione più tardi?

Non ho potuto evitarlo.

"Mmmmmm" gemetti piano.

Non era un gemito molto maschile.

Era tutt'altro.

Era il gemito di una donna.

Il tipo che avevo sentito, non da mia moglie, ma guardando i sex tape.

Mi ha ricompensato succhiando la testa del mio cazzo nella sua bocca e poi tirandolo fuori di nuovo.

"Così va meglio, ma lei può fare di meglio, giusto?"

Potevo sentire lo sperma bollire dentro di me.

"Mmmmm- uuhhhhh" ringhiai più forte.

Ha tolto la bocca dal mio cazzo con un botto.

"Sì, è così. Questo è il tipo di suono che fa una puttana. È il tipo di suono che la tua Padrona vuole sentire, ma la tua Padrona vuole di più prima di far venire il suo schiavo. Vuole l'intero pacchetto."

L'intero pacchetto?

Cosa voleva?

Era molto difficile pensare.

Il mio corpo era in fiamme.

Volevo disperatamente venire.

Ho pensato ad alcuni dei nastri porno che guardavo.

Quale ragazza era la migliore?

Quale pensavo fosse la cagna più grande?

Cosa ha fatto?

Mi sono ricordato del nastro e mi sono ricordato della ragazza, una bionda magra.

Sembrava che la stessero uccidendo mentre veniva scopata, ma lei ha dato il meglio di sé.

Allargò le gambe e le tirò indietro a ogni spinta.

Si morse il labbro, giocò con i capezzoli, si succhiò il dito.

Ha parlato sporco.

Era uno squittitore.

Ma caro Signore, potrei farlo?

Ero anche sicuro che fosse quello che voleva la mia padrona, voglio dire, mia moglie?

Ho pregato che lo facesse.

"Mmmmmm, fottimi. Dammelo forte."

Allontanai le gambe, concedendomi a lei, e mi morsi il labbro inferiore.

Sperava che fosse quello che voleva.

Se non lo fosse, mi sarei reso ancora più ridicolo.

L'ho sentito aggiungere un altro dito ai due con cui mi stava già ficcando il culo e mi ha succhiato il cazzo con la bocca.

Questo "era" quello che voleva.

E ho scoperto che potevo darlo a lui.

Una volta che ho iniziato è stato facile.

Mi sono pizzicato i capezzoli.

Mi sono morso il labbro.

Mi sono spinto sulle sue dita.

Ho parlato sporco.

Oddio, odio ammetterlo, ma ho persino gridato.

Ha pompato la sua faccia su e giù per il mio cazzo in brevi colpi che hanno tenuto il passo con le dita che mi pompavano il culo.

Su e giù, dentro e fuori, con me che piangeva ad ogni spinta.

"Ugh-Ugh-Ugh. Oh Dio, mmmmmmmmmm, sto per venire!" Ho urlato.

Le mie palle si sono contratte, pompando sperma caldo e le mie urla sono state soffocate dal suo sesso mentre si chinava su di me ancora una volta.

Sembrava che la mia anima stesse scappando in potenti esplosioni dal mio cazzo mentre tutto veniva risucchiato nella bella cavità della sua bocca.

CAPITOLO 3

Quando ho finito, ero debole, stordito e giacevo sul letto come un lenzuolo sgualcito.

Si è arrampicata sul mio corpo e mi si è messa a cavalcioni, inginocchiandosi e intrappolando le mie braccia sotto le sue ginocchia.

Sorrise, i suoi occhi brillavano di potere e lussuria.

Il mio sperma brillava tra le sue labbra contro il rosso dipinto del suo rossetto.

Sollevò il dildo e lo mise sotto la bocca.

Il suo sorriso divenne malvagio mentre le sue labbra si increspavano e il mio sperma usciva dalla sua bocca in una lunga ciocca, atterrando sul suo cazzo nero e correndo lungo la sua lunghezza.

"Succhialo schiavo. Lascia che il mio amante ti venga in bocca."

Non volevo farlo.

Probabilmente sarei stato ansioso pochi istanti fa, anche quando ho detto che lo avrei fatto.

Ma ora non era più acceso.

Ero soddisfatto e il gioco dovrebbe essere finito.

Non volevo più giocare.

"Lo schiavo ha promesso, non è vero?"

Il mio seme si stava già allontanando dalla testa del cazzo, formando una lunga ciocca verso le mie labbra.

Mi avrebbe picchiato comunque, giusto?

Quindi come starei con la mia sborra in faccia?

Ho aperto la bocca.

La stringa di sperma inserita.

"Sì ..." sibilò mia moglie, i suoi occhi ardenti. "Sì, è così. Lascia che il mio amante entri in bocca ... ma non ingoiarlo, non ancora."

Mia moglie ha spinto il suo cazzo tra le mie labbra.

Potevo assaggiare il sapore amaro del mio sperma contro il sapore del lattice sul mio cazzo.

Non era la prima volta che lo provavo.

Ma avere un boccone di sperma bloccato tra i denti e coprire il dildo di gomma è stato molto lontano dall'assaggiare accidentalmente i miei resti dalle labbra di mia moglie dopo aver ricevuto un pompino.

La mano di mia moglie è andata al suo inguine, le dita hanno girato sul suo clitoride.

"Dio, sei così sexy, mio piccolo schiavo debole!" gemette. "Così sporco. Piccola puttana."

Ha pompato il dildo dentro e fuori dalla mia bocca.

"Mi farai tornare di nuovo," ansimò, tirando fuori il dildo dalla mia bocca e gettandolo da parte. "Apri la bocca. Aprila ingoiando sperma e fammi vedere, fammi vedere la sborra del mio amante."

Ho aperto la bocca e ho messo lo sperma sulla lingua.

Mia moglie si è irrigidita, il bacino le si è gonfiato quando ha avuto un orgasmo.

Mi ha afferrato con le braccia e le gambe, abbracciandomi forte.

Mi ha baciato avidamente e abbiamo passato il mio seme avanti e indietro, scambiandolo.

È crollata sopra di me e non si è mossa.

Neanche io.

I nostri due corpi si sono aggrovigliati come una specie di puzzle sudato.

Ero esausto e faceva male.

Ma è stato un bel dolore.

Mi chiedevo cosa fosse successo e come questo avrebbe influenzato la nostra relazione.

Era stato fantastico.

Non sono mai arrivato così prima in vita mia.

Mi chiedevo se fosse stato un vero amante.

Ti saresti già divertito?

Mi chiedevo se voleva farlo di nuovo.

Mi sono chiesto molte cose.

Mia moglie mi ha staccato la testa dal petto.

"Wow," ha detto.

Era l'eufemismo dell'anno, ma all'epoca mi sentivo molto più sicuro di me.

"Wow hai ragione." Ho risposto.

Sorrise, non un sorriso malvagio come prima, ma un po 'giocosa e se non fosse stata la mia immaginazione, forse anche un po' timida.

"Pensi forse la prossima volta che potremo vedere se il mio amante ha un amico che può portare, forse qualcuno che è un po 'più piccolo per te?"

Era incredibile con quanta calma potesse dire quelle cose che potevano significare un numero qualsiasi di cose.

Ma qualunque cosa volesse dire, conosceva la risposta che voleva dare:

"Sarebbe carino", ho risposto.

"Mmmmm ..." mi baciò di nuovo. "Sei molto sporco."

FINE

REQUISITI PER ESSERE UNA BUONA SEGRETARIA (INTERRAZZIALE)

CAPITOLO 1

Era emozionante vedere la giovane aspirante segretaria nera seduta davanti alla mia scrivania, soprattutto sapendo cosa sapevo di lei.

I vestiti che indossava erano di poliestere a buon mercato da uno di quei discount.

Era lo stesso che indossava nella sua prima intervista, tranne per il fatto che aveva una maglietta diversa.

Aveva un bel paio di tette e sembrava molto dolce, molto innocente.

Sedeva discretamente a gambe incrociate, le nocche scure, ma un po 'biancastre, erano visibili dalle mani giunte e dal piede che oscillava nervosamente.

Ogni volta che allargava le mani, era per inserire un piercing sciolto che sembrava non rimanere mai al suo posto dietro l'orecchio.

Si è guardato intorno nel mio ufficio per capire tutto, ma raramente si è fermato a guardarmi negli occhi.

Ero chiaramente nervoso.

E aveva tutto il diritto di esserlo.

CAPITOLO 2

"Gloria, penso di essere pronto a offrirti un'offerta di lavoro, ma c'è un'irregolarità nella tua domanda che dobbiamo prima discutere", ho detto.

I suoi occhi verdi si spalancarono come piattini e si mossero da una parte all'altra ancora più nervosi.

Lei deglutì.

"Oh, cos'è quello?"

"Be ', vedi" gli ho detto. "Ho notato che ci sono alcune, le chiameremo irregolarità, che non hai menzionato nella tua domanda di lavoro. Ad esempio, la domanda sulla seconda pagina se sei mai stato condannato per un crimine a cui hai risposto diceva no. Tuttavia, Quando ho fatto un controllo dei precedenti, è emerso che sei stato condannato per taccheggio. Cosa hai fatto? Pensi che non avrei controllato? "

Ha provato senza successo a trattenere le lacrime.

"Per favore," disse. "Ho cercato di essere onesto prima. Ma non ottengo nemmeno un colloquio quando lo vedono. Stavo attraversando un momento difficile nella mia vita e ho ricevuto consulenza per lui ...".

"Furto", l'ho pungolata.

Le sue guance diventarono cremisi.

"Sì. E non succederà mai più."

Scosse la testa come per dire, no, non come, non io.

Adesso stava quasi piagnucolando, un gesto emotivo, che era carino.

Trovo che le donne siano molto più facili da trattare dopo che hanno pianto bene.

Essendo il gentiluomo che sono, ho aperto il mio cassetto e gli ho dato una scatola di fazzoletti.

"Grazie," disse, asciugandosi il naso e le guance.

"Questo va bene", ho detto. "Tu ed io parliamo così ... tirando fuori tutta la merda. Perché è quello che succederà da qui in poi: totale onestà. Pensi di poterlo fare? Sii completamente onesto?"

"Sì." Le lacrime si stavano già asciugando.

Era ancora carina anche con il trucco in esecuzione.

"Da quanto tempo cerchi lavoro?"

"Due anni."

"Come fai a sbarcare il lunario? Fidanzato o genitori?"

"I genitori".

"È l'unico abbigliamento professionale adeguato che hai?"

"Sì..." Abbassò lo sguardo e si strofinò la mano sul tessuto lucido come per farlo scomparire. "Scusate."

"Non c'è niente di cui pentirsi", ho detto. "Senti, sarò onesto con te. La situazione è contro di te. Qualcun altro può entrare qui e con molto meno di quello che hai nel questionario, ottenere molto di più di quanto potresti mai ottenere, se capisci cosa intendo. Io, ad esempio. Non sono molto alto ed ero quasi calvo al liceo. Pensi che non dovessi graffiare, gomitare e inciampare in questa situazione? Lascia che te lo dica. Ho dovuto lavorare cinque volte di più di quanto avrei dovuto se avessi era più alto e aveva un aspetto più dirigenziale. Era forte la tentazione di arrendersi così tante volte, ma avevo un obiettivo in mente ".

I suoi occhi stupiti.

Il piagnucolio e forse il mio discorso probabilmente la fecero sentire piuttosto positiva a questo punto.

E avrebbe avuto bisogno di tutta la positività che poteva sopportare.

"Allora Gloria, lascia che ti faccia una domanda. Sei disposta ad avere un obiettivo in mente?"

"Si signore."

Ha gonfiato il petto con orgoglio, permettendomi di dare una bella occhiata al suo succulento seno avorio.

"Sì, lo sono", concluse.

"Bene. Hai delle cose fantastiche per te che non ho mai avuto. Per prima cosa, hai grandi occhi verdi e un paio di labbra sexy. Labbra che ... beh, onestamente, labbra che gli uomini chiamano labbra. sono fatti per succhiare ".

I grandi occhi verdi mostravano di nuovo stupore, ma erano comunque belli.

Le labbra, le labbra mi rendevano ancora più duro, come una roccia.

Prese il suo portafoglio di pelle dalla mia scrivania e si alzò.

"Mettilo giù, Gloria, e resta al tuo posto. Stiamo parlando onestamente qui, no? Due adulti. Io e te. Ora rispondimi a una domanda. Hai mai fatto un pompino prima?"

"Sì, ma quello era-era-era con il mio ragazzo."

"E probabilmente aveva un aspetto molto migliore di me. Beh, ho assunto ragazze prima. Ragazze che avevano una valutazione migliore. Ragazze che non avevano precedenti. Ragazze che non hanno rubato nulla. Vedi dove sto andando qui?

Si sedette di nuovo, stringendo disperatamente il portafoglio.

"Si signore."

"Bene. Quindi non siamo più innocenti qui, né come te con me. Tu ed io non siamo così diversi. Ora mi capisci?"

"No," riuscì a pronunciare.

"Puoi dirmi cosa c'è che non va? Sono pulito. Non ho malattie. Non mi aspetto il sesso. Solo un po 'di miele per i miei occhi che mi ecciterà e un pompino veloce ... e basta."

Beh, non ero completamente onesto qui.

Mi aspetterei pompini, molti e fatti bene, anche professionalmente.

E piacere per gli occhi.

Intendiamoci, è una buona delizia per gli occhi.

Stava guardando di lato.

Stavo pensando a cosa era buono.

"Niente sesso?" lei chiese.

"Esatto. Niente sesso. Solo un pompino veloce, proprio come il presidente degli Stati Uniti. Il sesso è comunque sopravvalutato. Io preferisco i pompini. Con il sesso devi preoccuparti dei preliminari e dell'intera carriera. . Con il sesso, devi preoccuparti di baciare, amare e abbracciare in seguito. Con i pompini le cose sono molto più semplici. I pompini sono solo per piacere. I pompini ti permettono di mantenere il tuo potere. Puoi ricevere un pompino quasi ovunque e lo Soprattutto, non ho mai fatto un brutto pompino.

Continuava a pensare, ma non aveva detto di no.

Aveva solo bisogno che lui lo vendesse bene.

E sono bravo a vendere cose.

"Guarda, pensalo come un trampolino di lancio. Questo ti farà uscire dalla casa dei tuoi genitori e uscire da solo. Avrai anche un lavoro e sai cosa si dice. È più facile trovare un altro lavoro quando hai un lavoro."

Sbatté le palpebre l'ultima lacrima e guardò il mio inguine.

"Davvero mi darai il lavoro?"

Volevo sorridere.

Volevo ridere.

Stava comprando l'intero lotto.

Ho fatto del mio meglio per contenere le mie emozioni.

"Te l'avevo detto, no?"

"Va bene ... va bene, lo farò."

"Bene. Perché non chiudi la porta e lo fai?"

"Adesso?" chiese incredula.

"Esatto. Non siamo amici. Non siamo amanti. Questa è solo una relazione d'affari. Cosa pensi che farò, credi in parola a un ladro condannato?"

"Ma ci sono persone là fuori."

"E la porta sarà chiusa", gli ho detto. "Guarda, prendi le tue cose e vai o alzati e chiudi la porta."

Si alzò, chiuse la porta e rimase lì sbalordita.

Gesù, non sarebbe stato così difficile di quanto pensassi.

CAPITOLO 3

"Ora vieni qui. Questa è la mia ragazza. Nah, non sederti. Fammi prima un piccolo spettacolo ... un po 'di piacere per gli occhi per mettermi dell'umore giusto."

Era già duro come una roccia, ma voleva che lei lavorasse per questo.

"Non capisco."

Ha capito molto bene.

Aveva solo bisogno di essere informato, voleva che fosse una mia idea.

"Sai, un piccolo spogliarello. Niente di speciale. Un piccolo spettacolo, niente di complicato, un lampo di mutandine e mostrami le tue tette. Mettimi dell'umore giusto, ragazza. Altrimenti, sarai lì tutto il giorno."

Ha fatto un patetico tentativo di mostrare una coscia e un ombelico.

La mia erezione stava svanendo.

"Guarda, è meglio che inizi a prenderlo sul serio. Potrei iniziare con ventimila o trentamila," dissi. "Pensaci."

Questo ha fatto la differenza.

Non era brava, ma col tempo avrebbe imparato.

Ne sapeva abbastanza per muovere i fianchi e strofinare le mani sul corpo.

Mi ha fatto intravedere le sue mutandine di cotone bianco.

Ho fatto una smorfia.

Lei arrossì.

"Quelle mutandine dovranno sparire. Non ora, ma d'ora in poi ti verrà chiesto di indossare qualcosa di molto più sexy."

Lentamente si sbottonò la camicetta.

"Da dove prendi la tua biancheria intima, dai saldi? No, non rispondere a questo. Dai, toglila. Potresti anche comprare qualcosa che puoi sganciare dal davanti, perché ho intenzione di vedere le tue tette ogni volta che mi ecciti."

Si tolse la camicetta e la posò con cura sul tavolo.

Poi si tolse le spalline del reggiseno e cercò timidamente di girarsi.

"Non tornare indietro" ho detto "voglio vederti bene".

Ha attorcigliato il reggiseno e ha sganciato la fibbia.

I suoi seni erano grandi con areole paffute e irregolari e capezzoli lunghi e appuntiti.

Mmmm, i miei preferiti.

Se fosse stata la mia ragazza, li avrebbe baciati.

Ma le cose stanno com'erano, quindi perché preoccuparsi di pensarci?

Mi appoggiai allo schienale e aprii le gambe.

"Tira fuori il mio cazzo."

Mi ha tirato fuori il cazzo dai pantaloni e lo ha tenuto in mano, pompandolo lentamente.

"Conosci la differenza tra un pompino e una sega, vero Gloria?"

Guardò il cazzo che aveva in mano e annuì.

"Bacialo su e giù. È una ragazza. Guardami mentre lo faccio così posso vedere quei begli occhi verdi."

Alzò lo sguardo in attesa tra le mie gambe.

Era perfetta.

Sapevo che non sarei stato in grado di trattenermi a lungo con lei che me lo faceva.

"Ora succhialo. Copriti i denti con le tue labbra carnose, sì, quelle labbra che succhiano. Mmmmm ... oh sì. Sei stato fatto per succhiare cazzi, lo sai? Ora quello che voglio che tu faccia è ogni tanto mentre lo fai, te lo togli dalla bocca e apri le labbra e baciami la testa ".

Ha fatto quello che le avevo chiesto, ma non era l'effetto che stavo cercando.

"No, non così." Ho sollevato il mio cazzo e l'ho guidato sotto il suo collo, poi ho inclinato il suo viso verso l'alto. "Pucker quelle labbra carnose e aprire un po 'la bocca."

Lo ha fatto.

La testa del mio cazzo era ora incorniciata dalle labbra rugose del rossetto.

È stato perfetto.

"È bellissimo, ora voglio vederlo sporgere dalla tua mascella. Merda, no, non così. Lascia che ti aiuti."

Le ho girato la testa in modo che la sua mascella sporgesse dal mio cazzo.

Le sue labbra spesse erano avvolte intorno al mio membro.

Dio, era così fottutamente sexy.

"Guardami, Gloria."

Mi guardò con quei grandi occhi verdi, mentre leccava la parte inferiore del mio membro con la sua lingua vellutata.

"Cazzo, sei sexy. Scommetto che il tuo ragazzo vuole che tu glielo faccia così tutto il tempo," gli dissi, facendogli arrossare le guance. "Andiamo piccola, sono pronta a venire adesso. Succhiami. Succhiami forte e veloce e prendimi a coppa le palle."

È scesa su di me, scopandomi con la sua bocca calda.

Era ovvio che l'aveva fatto prima, e molte volte, ed era caduto in un ritmo.

Tuttavia, voleva che fosse il suo solito compito.

Stava per farla diventare la regina dei pompini prima che ottenesse un altro lavoro.

"Più veloce, Gloria, più veloce," la sollecitai, tenendo i suoi capelli fuori dalla mia vista in modo da poterla vedere in azione. "Succhia, succhia, succhia, non ti sento succhiare."

La sua bocca succhiava e gocciolava, mentre accelerava e abbassava il mio cazzo.

Ho sentito lo sperma salire.

Gli ho quasi detto "aspetta, smettila, vengo". Potete crederci? Ero così abituato a decollare prima ... Beh, ricambiando che quasi dimenticavo di non doverlo fare.

"Ugh, ugh, dolce figlio di puttana. Sono pronto. Sono così fottutamente pronto. Non osare smettere di succhiare," la avverti mentre mi appoggiavo allo schienale e stringevo saldamente i braccioli.

Cazzo, sarebbe stato fantastico.

Ho sentito il mio cazzo gonfiarsi e diventare ancora più forte.

Il mio seme è uscito.

Dannazione, mi ha fatto venire come se fossi un adolescente.

Le mie palle si svuotarono, pompando il mio succo caldo nella sua bocca.

Emise un suono sgradevole, ma continuò a succhiare diligentemente.

Ho tirato il mio cazzo fuori dalla sua bocca delicatamente.

Le sue labbra erano chiuse e un po 'del mio sperma filtrava tra le sue labbra increspate.

"Apri la bocca così posso vederlo." Disse.

La sua faccia era arrossata di un brillante cremisi e gli occhi le si fecero acquosi.

Chiaramente non voleva, ma alla fine chiuse gli occhi e aprì la bocca.

"Fammi vedere la tua lingua. Wow, di sicuro ti ho dato un bel carico, no? Non vengo così da molto tempo," dissi. "Dai, sai dove sta andando adesso. Attraverso il portello."

Fece una smorfia, indossò la faccina più carina che abbia mai visto e la ingoiò.

CAPITOLO 4

"Sei un tesoro meraviglioso. Ora puliscimi il cazzo e poi rimettilo nei miei pantaloni. Dopo, puoi pulirti da solo."

Ha obbedito in silenzio, evitando i miei occhi per tutto il tempo, come se fosse un'estranea, il che per me andava bene.

"Puoi iniziare domani?" Ho chiesto.

"Sì, signore," quasi strillò.

"Bene," dissi, tirando fuori il portafoglio. "Ti do la mia carta di credito e voglio che tu vada a comprarti dei vestiti sexy. Per sexy intendo stretti, corti e magri e no, ripeto, non comprarli nei discount. Mutandine e reggiseni nuovi con le stesse specifiche. Non mi interessa cosa indossano le altre donne qui intorno, indosserai calze e tacchi al lavoro, tutti i giorni. Se devo guardarti per otto ore al giorno, mi aspetto di vedere qualcosa di interessante in vista. Okay? "

Lei annuì, prendendo la mia carta di credito.

"Sorridi tesoro, mi aspetto sorrisi e un atteggiamento amichevole se vai a lavorare qui", ho detto. "E un grazie per la posizione sarebbe carino."

Il suo viso si illuminò momentaneamente di un sorriso.

"Grazie", ha detto.

"Conserva le ricevute. Mi pagherai in tempo."

Dio, è stato bello essere me.

Sono devoto a una bella ragazza ...

CAPITOLO 5

Due anni dopo...

Gloria entrò nell'ufficio e chiuse a chiave la porta.

Era quasi irriconoscibile per come fosse arrivata qui il primo giorno.

I suoi capelli erano una massa di ciocche scure di platino.

La sua biancheria intima era stata selezionata dal catalogo di Victoria's Secret dove insistevo perché comprasse anche tutti i suoi vestiti da ufficio.

Oggi indossava una gonna a righe che le abbracciava i fianchi e si spaccava fino alla coscia.

Sotto la sua giacca sportiva attillata, la sua camicetta bianca era sbottonata appena al centro del petto, rivelando un reggiseno di pizzo e il suo seno rotondo e sodo.

Non era solo la mia segretaria, era diventata la fantasia della segretaria perfetta per qualsiasi uomo.

Portava una borsa sulla spalla che mise sulla mia scrivania.

"Sei particolarmente sexy oggi, Gloria. Stai cercando di ottenere punti extra per la tua valutazione annuale?" Gli ho chiesto. "Beh, posso essere influenzato all'ultimo minuto se capisci cosa intendo. Quindi dammi uno spettacolo speciale oggi. E farai meglio a metterci tutto il tuo impegno."

A volte posso essere un vero bastardo, giusto?

La verità era che aveva già scritto la sua valutazione ed era molto buona.

Il meglio che ho osato dargli.

Gloria mi ha fatto un sorriso speciale quando ha messo la mano sulla scrivania, i suoi seni giovani e sodi penzolavano in basso sulla sua parte superiore, e ha acceso la radio molto bassa.

Poi è tornato alla porta, beh, era più come pavoneggiarsi: un piede lo ha spostato dentro l'altro, facendo oscillare i fianchi, lavorando quel culo stretto e sottile proprio come piaceva a me.

Quando raggiunse la porta, si raccolse i lunghi capelli scuri platino sopra la testa, si voltò e si ficcò in bocca la tempia degli occhiali.

Gli occhiali sono stati una mia idea, ovviamente.

C'è qualcosa in una ragazza sexy con gli occhiali che mi rende duro in un minuto, ed ero già duro.

"Signor Anderson," disse. "Hai già visto il mio nuovo reggiseno? È davvero sexy. Ti piacerebbe vederlo?"

"Certo," ho detto. "Mi piacerebbe molto."

"Non lo so," disse, le sue dita già slacciavano i bottoni della camicetta. "È come il mio capo e tutto il resto. Non so se andrebbe bene."

"Ma ti piace metterti in mostra con il tuo capo, vero? Il modo in cui ti vesti ogni giorno, mettendo in mostra il tuo corpo. Credi che non sappia cosa stai cercando di sedurmi? Pensi che tutti in ufficio non lo sappiano? "

Non potevo farla arrossire come una volta.

Era l'unico uomo in un ufficio pieno di donne.

E quando Gloria si presentò per il suo primo giorno di lavoro con indosso i suoi abiti attillati e i tacchi alti, in ufficio cadde il silenzio mentre tutte le altre donne si fermavano e la guardavano, sapendo all'istante come la nuova segretaria aveva ottenuto il suo lavoro e come intendeva. tienilo.

Oh, come Gloria arrossì al calore dei loro sguardi.

Ero in ginocchio nel mio ufficio in pochi minuti.

Gloria sedeva sul bordo della mia scrivania con le sue lunghe gambe incrociate.

La sua gonna si alzò mostrando la parte superiore delle calze e il braccialetto alla caviglia.

Si aprì la camicetta, rivelando il reggiseno.

Era quasi trasparente: potevo facilmente vedere il contorno del suo capezzolo rosa attraverso il tessuto.

"Pensi che sia carino?" lei chiese.

"Non riesco ancora a vedere molto da dire."

Si tolse la camicetta e fece oscillare il corpo al ritmo della musica.

"Lo vede bene adesso, signor Anderson?"

"Finora sembra buono, Gloria," le ho detto. "Ma mi chiedevo. Indossi mutandine intonate?"

"Come hai indovinato?"

Ma sai, per quanto fosse divertente giocare all'innocente gioco capo-segretario, non era quello che volevo oggi.

CAPITOLO 6

"Gloria, e se interrompessimo questa performance innocente e tu saltassi sulla scrivania. Voglio che tu sia cattiva oggi. Voglio che mi butti quella merda in faccia", ho detto. "Oh, e non dimenticare di toglierti i tacchi. Ho ancora dei graffi dall'ultima volta.

Alla fine arrossì un po '.

Le piaceva interpretare l'innocente o anche la seduttrice, ma mai la spogliarellista.

Fortunatamente per me, non l'ho pagato perché gli piaceva il suo lavoro.

Sorridendo, l'ho vista togliersi i tacchi e poi l'ho aiutata a salire sulla scrivania.

Senti, anch'io posso essere gentile.

Indossava calze e non voleva che scivolasse cercando di salire sulla scrivania.

Ho messo la radio su qualcosa di un po 'più carino, dell'hard rock ...

Quanto appropriato.

Ha ballato, per me, muovendo il suo corpo sulla mia scrivania.

Si staccò e si tolse le spalline dal reggiseno.

Quando si voltò, si tenne il reggiseno a coppa contro il seno, spingendolo via in modo seducente.

I suoi seni ben fatti penzolavano come frutta fresca, desiderosi del raccolto.

"Andiamo, Gloria," la esortai. "Per me funziona. Sai come mi piace."

Dovrebbe saperlo ormai dopo due anni.

L'ho portata nei bar dopo il lavoro, così ha potuto vedere come facevano i professionisti.

Successivamente, l'ho aiutato nella sua pratica e gli ho dato i miei suggerimenti su come migliorarla.

Si accovacciò e serrò i fianchi, lavorando la sua figa proprio davanti al mio viso, proprio come piaceva a me.

La piccola fascia di stoffa che era le sue mutandine, scivolò tra le pieghe delle sue labbra della figa.

Dio, lei era una dea e io ero il capo più fortunato del mondo.

"Cazzo, sembra che la tua figa stia cercando di mangiarti le mutandine," gli ho detto. "Dai, fammi vedere. Tutto."

Si è alzata e ha agganciato i pollici alla cintura delle mutandine.

Voltandosi, li abbassò un po 'e si chinò davanti a me per mostrarmi il suo piccolo ano.

Poi di nuovo in primo piano, finché non ho potuto distinguere la debole traccia della figa nuda.

"Dannazione, sono duro come una roccia." Disse. "Lascia che me li tolga così posso vedere quella tua piccola fica."

Si mise a sedere e mi mise in grembo i piedi ricoperti di calze.

Mentre lavoravo per rimuoverla dalle sue mutandine, mi ha massaggiato il cazzo attraverso i pantaloni con i suoi piedi.

La figa di Gloria sembrava così attraente.

Le sue labbra bagnate e rasate si aprirono, mostrando la sua eccitazione.

Sopra di loro c'era un piccolo triangolo di capelli lungo due pollici e largo un pollice.

La stessa dimensione del suo triangolo pubico faceva parte delle sue regole di lavoro non scritte, così come l'anello dell'ombelico che le brillava sullo stomaco.

"Allarga quelle gambe, piccola," esorto. "Voglio anche vedere l'interno."

Un piccolo sussulto le sfuggì dalle labbra, mentre allargava le gambe e sollevava i fianchi.

La sua figa, così bagnata e accogliente.

Pensava di non averlo ancora rovinato?

Per quanto incredibile possa sembrare, era vero.

Ha ricevuto il mio pompino ogni giorno e talvolta due volte al giorno, ma non sono mai entrato nella sua figa.

A giudicare da alcuni dei suoi sguardi delusi e dal suo stato evidentemente eccitato, avrei potuto entrare in lui molte volte se avessi voluto.

Ma ammettiamolo.

Faceva pompini ogni volta che voleva e una relazione totalmente semplice.

L'ultima cosa che voleva fare era rovinare tutto e rovinarlo.

"Girati," gli ho detto. "Voglio fotterti la bocca."

I suoi occhi implorarono: "Per favore, possiamo fare qualcos'altro?"

Ma lei obbedientemente si voltò, appoggiò la testa all'indietro oltre il bordo della scrivania e i suoi capelli mi caddero in grembo.

I suoi grandi occhi verdi erano grandi e imploranti: "Non farlo oggi".

Ma dopotutto era il suo giorno di valutazione annuale e non aveva intenzione di renderlo più facile.

Ecco perché volevo scoparle la bocca; qualcosa che teneva come punizione.

Oh, lo so, preferirebbe mettersi in ginocchio e farmi del bene e mi farebbe alla grande.

Era un'esperta in sbattimento della lingua, succhiamento di palle, bacio breve, massaggio con la lingua, presa in giro uretrale, pugno contorto.

Come ho detto prima, era il capo più fortunato del mondo.

Mi alzai e mi tirai giù i pantaloni e i boxer fino alle ginocchia.

Ha aperto la bocca e ha fatto del suo meglio per livellare la gola mentre spingeva sul mio cazzo.

"Allarga la tua figa per me," ho ordinato. "Voglio vedere quella figa bagnata mentre ti scopo la bocca."

Lei ringhiò e il soffio di aria calda solleticò le mie palle mentre separava obbedientemente le labbra dalla sua figa.

Ero in paradiso.

Ho spinto la sua bocca in un colpo solo finché il mio pube non ha colpito il suo mento.

Poteva sentire la sua nausea involontaria per l'intrusione.

Oh come lo odiava.

Non tanto perché era scomodo, ma perché non riusciva a parlare bene quando ha finito e ha anche causato strisce rosse su entrambi i lati del rossetto.

Era imbarazzante per lei e ha fatto del suo meglio per evitare altre persone quando tutto era finito.

E anche se era molto brava, essendo il bastardo che sono, di solito chiamava una delle altre ragazze che lavoravano con lei per chiederle un rapporto quando aveva finito.

Solo a pensarci mi faceva ribollire lo sperma nelle palle.

Cazzo, ho pensato alla partita di basket che ho visto la sera prima, lavorando su tutti i beni, pensando a qualcos'altro, per evitare di arrivare troppo presto.

Volevo assaporare il momento.

Quando ho ripreso il controllo, ho ripreso il ritmo.

Il suo respiro stava diventando più difficile.

Gloria stava ancora tenendo le labbra della sua figa aperte, ma ora un dito stava ballando sul suo clitoride in piccoli cerchi.

"Sai come farlo meglio", gli ho detto. "Gioca un po 'con i tuoi capezzoli."

Siamo stati qui per il mio piacere, non per lei.

Ho sentito il suo ringhio arrabbiato vibrare contro il mio cazzo.

Le sue lunghe unghie dipinte di rosso si mossero verso l'alto, si affusolavano e le tiravano i capezzoli.

Merda!

Ho dovuto pensare alla prestazione arbitrale più incasinata della partita di ieri solo per riprendere il controllo della mia mente.

L'ho preso più velocemente.

La sua gola era stretta intorno al mio cazzo.

Il suo respiro si bloccò.

Cazzo, cazzo.

Ho provato di nuovo a pensare alla partita di basket, ma non ci riuscivo più.

Cazzo, stavo per venire senza rimedio.

Ma poi, prima che potessi farlo, ha afferrato il mio cazzo, lo ha tirato fuori dalla sua bocca e si è seduta.

"Che cazzo!" Ho quasi gridato, dimenticando momentaneamente dove eravamo.

Ha tossito, si è asciugata la saliva dalle labbra e mi ha puntato un dito in faccia.

"Non posso più farlo," disse, con la voce roca, roca per la mia devastazione in gola.

"Di?" Sono rimasto sbalordito "Hai un'altra offerta di lavoro? Ti sei trasferito con un idiota?"

"No," ha detto. "Senti, so che mi hai dato cattive referenze su me stesso ... e pensi che non sappia come mi sembra sempre di avere gli straordinari quando esco con qualcuno. O come ti presenti a casa mia all'improvviso per controllare se sono con qualcuno. Che tipo di cose strane solo per assicurarsi che non trovi una via d'uscita dal nostro accordo? "

"Guarda" merda, ero duro e dovevo venire. L'ultima cosa che io e il signor Polla volevamo era una discussione. "So che a volte posso essere uno stronzo, ma mi sono preso cura di te, no? Ho corso un rischio quando nessun altro lo avrebbe fatto. Tu sei una delle segretarie più pagate qui, ma la meglio pagata. E il giorno della segretaria, che sempre hai i migliori regali?

"Non me ne frega niente", ha detto. Dio, era davvero pazza. "Questo accordo fa già schifo. E dovremo risolverlo con qualcos'altro."

Voleva sorridere al suo gioco di parole involontario, ma lei non sembrava essere di ottimo umore.

Quello di cui sono sicuro è che voleva tenerlo.

Non era una cattiva segretaria ed era incredibilmente attraente, per non parlare delle sue abilità orali che erano cresciute notevolmente.

Soprattutto, il signor Polla non voleva che mi perdessi la cosa migliore che gli era successa da quando ho scoperto la masturbazione da adolescente.

"E altro vuoi?" Gli ho chiesto.

Mi aspettavo che mi affrontasse.

Discutendomi per un pompino alla settimana.

Prenditi un po 'di tempo libero.

Fammi promettere di darti delle buone referenze.

Invece, sono rimasto sorpreso quando si è sporta sul tavolo, ha allargato quelle gambe lunghe e belle e si è resa disponibile per me.

CAPITOLO 7

Era ovvio quello che voleva, ma ero ancora un po 'arrabbiato per il modo in cui mi aveva commentato la situazione.

Non faceva male che fosse di nuovo in controllo della situazione.

Quindi, invece di scoparla come un nuovo terreno, ho stuzzicato il suo buco caldo con la testa del mio cazzo.

Ha cercato di barcollare contro di me, ma mi sono tirato indietro e ho ripreso a stuzzicarmi.

"Gloria," ho detto. "Non sono sicuro di quello che vuoi. Perché non me lo dici?"

Ha provato di nuovo a spingersi contro di me.

Di nuovo era ovvio quello che voleva, ma voleva sentirlo dirlo.

Grugnì, gemette e inarcò la schiena.

Dio, era così fottutamente sexy.

Tuttavia, negli ultimi due anni avevo succhiato almeno una o due volte ogni giorno lavorativo.

Mi sentivo come se fossi in una posizione di forza molto migliore di lei.

E infine, si è dimostrato corretto.

"Non mi interessano quelle cose, ho solo bisogno di te dentro," ansimò. "Ho bisogno di te dentro di me. Ho bisogno che tu mi 'fotti'. Cazzo, ho così tanto bisogno di te nella mia figa. Per favore, ti sto supplicando. Uffa, sono ... oh, Dio, sono così disperato."

Quella era musica per le mie orecchie.

"Eri alla disperata ricerca di un lavoro, e ora hai un disperato bisogno di farti scopare," le ho detto, stuzzicandole ancora la figa. "Personalmente, mi piace il nostro accordo attuale. Ma hai una fighetta calda laggiù. Ti dispiace se lo prendo come prova del tuo impegno a lavorare?"

"Yesiiiii!" gemette, mentre la schiaffeggiavo e le infilavo il mio cazzo duro dentro. "Oh sì, è tutto, fottimi. Fottimi forte."

"Zitto," sibilai.

Gloria si leccò un paio di dita per attutire le sue urla mentre acceleravo.

Dio, aveva caldo e oh quanto era bagnata!

Il mio cazzo brillava per il suo abbondante latte.

Non passò molto tempo prima che mi rendessi conto che stavo per scoppiare dentro di lei e non ero ancora pronto.

Così mi sono ritirato e ho iniziato a prenderla in giro ancora una volta.

Si è lamentata per lo sgomento e ha cercato di fare marcia indietro e impalarsi sul mio cazzo.

CAPITOLO 8

"Hmm, è stato un bene", gli ho detto. "Ma ti rendi conto che mettendo in gioco la tua fica, per così dire, metti tutto dentro. . . "Ho spinto il mio cazzo nel mezzo della sua figa stretta, mi sono fermato, poi l'ho tirata fuori completamente." E dico sul serio. "Ho spostato il mio cazzo di circa mezzo pollice verso l'alto e ho spinto contro l'ano stretto e arricciato sul suo culo." Che ne dici di giocare con la parte meridionale? Capisci quello che sto dicendo? Voglio assaggiare il tuo culo per un po 'adesso. . . Vediamo quale buco mi piace di più ".

Gloria non si staccò.

Invece, ha spinto contro di me.

"Ummm, solo ummm, oh, Dio, per favore non farmi del male," gemette.

"Non dovrebbe far troppo male per quanto sei lubrificata," la rassicurai. "Cerca solo di rilassarti." E poi ho spinto nel suo ano stretto.

"Oh Dio. Oh Dio," ansimò, sforzandosi di ritirarsi, ma la mia scrivania la trattenne.

"Tienilo giù," sibilai.

Cazzo, cosa stava cercando di fare per prenderci?

Da parte mia, ho rallentato e mi sono fermato quando era con il mio cazzo mezzo nascosto nel culo.

Devo dirti che è stato un puro piacere.

Stretto?

Stretto, non inizia nemmeno a descrivere quello che ho sentito quando era sul suo sedere.

Era come avere il mio cazzo munto da un guanto di velluto affamato.

L'ho preso un paio di volte, molto lentamente.

Rallenta e rallenta.

Mettendolo solo a metà ogni volta.

Vorrei aver fatto di più, ma Gloria faceva troppo rumore, anche con tre dita serrate in bocca.

Sii paziente, mi sono detto.

"Hai un culetto caldo, Gloria," ho detto, tirando fuori il suo cazzo. "Dovrò farlo di nuovo. Sì, ovviamente."

Il suo sedere era così carino e il suo ano era gonfio e rosso.

L'ho toccato con il dito, facendola sussultare, solo per divertimento.

Poi, mi sono spostato intorno alla scrivania e gli ho tolto le dita dalla bocca.

Sapeva quello che voleva, ma girò la testa di lato, cercando di evitarlo.

"Andiamo Gloria," ho detto. "Per tutti i buchi, piccola. In quale altro modo potrò sapere quale buco mi piace di più? Inoltre, dovrò venire qui prima di tornare dove vuoi che lo metta. Capisci cosa intendo, giusto?"

Ha esaminato il mio cazzo con uno sguardo di disgusto, ma alla fine lo voleva nella sua figa più di quanto non volesse succhiarlo.

Con riluttanza, aprì la bocca e la prese.

Le ho tenuto la bocca per alcuni minuti, poi mi sono tirata indietro e sono tornata dall'altra parte del tavolo e l'ho girata.

La sua figa era all'altezza perfetta.

Ho saltato i giochi e ho spinto il mio cazzo contro di lei.

Le ho sfondato la figa in tempo con la musica.

Voleva che sapessero che era stata fottuta.

Gloria sussultava e gemeva a ogni spinta.

"Gioca con la tua figa e succhia le dita, piccola," le ho detto. "Mi sto preparando a venire e voglio un po 'di piacere per gli occhi."

E mi stavo avvicinando molto al cumming e nessuna quantità di gioco fantasioso o di pensare al rapporto che dovevo consegnare in un'ora lo avrebbe ritardato ulteriormente.

"Stai prendendo la pillola, Gloria?" Chiesi, costringendomi a rallentare un po '.

Lei scosse la testa.

"No," mormorò.

"Ma vuoi che entri dentro di te, giusto?" Ho chiesto.

Scosse la testa, ma non è quello che ha detto.

"Sì," sibilò.

È venuto fuori come nient'altro che un sussurro.

"Allora dimmi," ho insistito. "Dimmi dove vuoi. Dimmi cosa vuoi, sporco ladro."

"Lo voglio nella mia figa ... voglio che tu venga dentro di me."

Le sue mani mi hanno afferrato il sedere e mi hanno spinto forte dentro di lei.

"Ti avevo detto di smetterla di giocare con quella fica?" Ho chiesto.

Scosse la testa e abbassò di nuovo le mani sull'inguine, riprendendo il vecchio cerchio attorno al clitoride.

"Più veloce," ho chiesto e con un sussulto, lei obbedì obbedientemente.

Il mio ritmo aumentò.

Dannazione, mi stavo avvicinando ed era così fottutamente bella.

E la quantità di controllo che aveva su di lei rendeva la situazione ancora più calda di lei.

Era la mia segretaria, la mia ultima segretaria.

Le calze, il braccialetto alla caviglia, l'anello della punta, l'anello dell'ombelico, le unghie lunghe e i capelli scuri platino erano tutti per me.

Avrebbe dovuto essere abbastanza per qualsiasi uomo, eppure lui voleva di più.

"Voglio che tu vada in clinica dopo questo e prenda una ricetta per la pillola, okay?" L'ho presa per i capezzoli e l'ho tirata.

"Sì," ansimò.

"Se quello?" Ho chiesto.

"Sì, mmm. Sig. Anderson."

"Hanno bisogno di un esame per questo, giusto, Gloria?" Disse.

Oh sì, lo sperma stava aumentando ora.

Sarebbe stato presto.

"Sì, signor Anderson."

"Voglio che tu ci vada quando ho finito di scoparti, capito?"

"Uhhmm, sissignore, signor Anderson."

Le sue lunghe gambe si avvolsero intorno alla mia vita, tirandomi verso di lei a ogni spinta.

La sua figa mi ha stretto forte.

"Cosa penseranno di te che ti presenti con un sacco di sperma, eh Gloria? E faresti meglio a non metterti in mezzo a meno che tu non voglia bagnare il posto," le ho detto.

Potevo sentire gli spasmi delle palle.

Non riuscivo più a trattenermi, era in lei o in lei.

"Uffa. Vado a prendere ... dove lo vuoi? Dove lo vuoi?"

Aveva gli occhi chiusi e il viso contorto dalla passione.

"Su di me! Su di me! Oh Dio! Oh Dio! Sborra sulla mia figa! Sbrigati ... cazzo, cazzo vado anch'io!" gemette.

Gesù, era rumorosa.

Le ho coperto la bocca con la mano mentre continuavo a scoparla, pompando schizzi dopo schizzi di sperma nella sua figa stretta.

L'ho scopata più forte che ho potuto, gettando i fogli dalla scrivania sul pavimento.

Gloria sussultò sotto di me come un bronco, sollevando il sedere dalla scrivania, mentre teneva la mia forte presa tra le sue cosce forti.

Mi sentivo debole quando ho finito, ma c'era ancora molto da fare.

Quando sono uscito da lei, ho messo la sua mano sulla sua figa.

"Sopporta tutto," ho ordinato.

Poi l'ho aiutata a mettersi le mutandine.

Quando ha mosso la mano, il mio sperma gocciolava, macchiandogli l'inguine.

"Non mi costringerai seriamente a farlo, vero?" lei chiese.

"Oh sì," ho detto. "Lo farai. E poi mi racconterai tutto di questo stasera."

"Stasera?"

"Sì," dissi e la baciai. "Stasera quando ti scoperò di nuovo."

"Per favore," implorò. "Non costringermi a fare questo ... lo scopriranno ... e lo diffonderanno. Oh, Dio, vedranno tutto. Cosa penseranno?" Abbassò lo sguardo a terra, rifiutandosi di guardarmi.

"Penseranno che hai appena avuto il cazzo della tua vita."

"M-ma cosa devo dire?"

Le sollevai il mento, costringendola a guardarmi negli occhi.

"Dirà: Sì, signore, signor Anderson."

Si morse un labbro tremante.

I suoi grandi occhi verdi erano spalancati come piattini.

"Sì, signore, signor Anderson."

"Inoltre, sono sicuro che penserai a 'qualcosa' da dire al dottore o all'infermiera. Di 'loro che sei caduto e sei atterrato sul cazzo del tuo capo mentre andavamo a pranzo", gli ho detto e gli ho dato una pacca sul sedere mentre camminavo. docilmente fuori dalla porta.

Oh sì, essere un capo ha i suoi privilegi.

FINE

www.ingramcontent.com/pod-product-compliance
Lightning Source LLC
LaVergne TN
LVHW040943150826
845672LV00002B/515

* 9 7 9 8 2 3 0 4 9 0 4 3 2 *